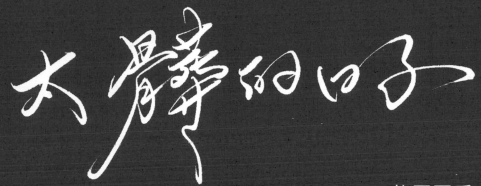

大擘的口子

妳不要看

李宇霖 著

目錄

01.**此刻想出院**

　　我總是為字耗竭，可是沒關係，我想用除了我愛妳這三個字之外的文字表達我愛妳，我也想用除了遺憾這兩個字之外的文字表示我的遺憾。

　　即便妳最後什麼也不會知道，但是我什麼都想讓妳知道，無關妳我之間的小情小愛或只是糾結妳我之間的小情小愛。

　　我會因此用去很多時間，我害怕這樣虛度光陰其實是一種欺騙自己的行為，就像我也想找個機會問問妳離開我之後遇見的每個人是不是有某些部分都像我，而妳有足夠的勇氣去愛嗎，難道妳沒有一點點忐忑不安，可即使有機會了我仍是與妳談笑風生，再絕口不提這些往事。

　　我曾經是坐以待斃的不再期望黎明，直至後來能真正享受單身到最後成妖入魔的浪，拜妳所賜我再也沒有一次為誰心傷，也沒有辦法再體會愛一個人的純粹，妳教我成長也讓我對人絕望。

　　這一個十年提起筆，長長短短都是妳，現在我該為妳下一個句點了。

　　我知道我是健康的，我還有能力愛人。

　　現在我想好好眷著一個人了，我寬恕妳也饒恕自己了，那麼請妳也放過我好嗎？

02.不必再讓我知道了

最後一次送妳了，下次接妳的人就不是我了。

可是我還重複著，重複開車門的動作，往返妳家的路線，去妳愛吃的餐廳外帶，看妳喜歡的小熊維尼，照樣吃著甜爆米花與雪碧。

我以為時間會把原本重要的變得不再重要，但事實上時間只是把淺的變得更淺，深的變得更深，所以妳的笑在我心中深刻了，那些為了什麼而吵的冷戰都漸漸淡了。

我不知道現在是個怎麼樣的狀態，找把妳放在我心間那角落，沒再讓妳出來。

妳就在那，我離妳這麼近卻又那麼遠，只隔著一顆心，也隔著一顆心。

日子一扯上柴米油鹽，愛就排在最後面了。

可如果還能讓我選，最希望妳能不碰到柴米油鹽。

可是我活在柴米油鹽裡，我的柴米油鹽裡沒有愛情。

之後，

我再也沒有那麼多複雜的情緒，沒有隨時會支離破碎的問題，每天過著不喜歡的三點一線規律生活，有一個愛我比較多的人，也開始學著凡事讓自己很好過。

與妳一別兩清後，我的日子充實也墮落。

沒有妳的生活是孤獨了點，但妳真切來過我的世界。

之於我，重要的人之所以重要，是因為不能再重要，所以妳一定要過得比我好，只是不要再讓我知道了。

03.總有一些凋零來的正是時候

在妳的一與二之間

我從來都不會是妳的首選

所以在妳猶豫當下

我做第一個不為難妳的人

要走多遠才算遠？

如果我們之間是妳進我退的規則，那麼到底要退到哪一步才不至於讓現在這一切錯的太離譜？

能不能給我一個抽身的機會，允許在我邁向妳的第一步時，留點時間找把刀讓我把勇氣斬斷，留個餘地讓我來得及轉過身。

從此陌路

與妳咫尺之隔卻已是天涯

歿了

我心底的玫瑰花也枯萎了

04.正大光明的偏心　給 V

如果回眸是情深，那也是我的一眼萬年。

他曾在某個陰暗天裡對我說：「妳是我心間上的一塊肉，往心上割下塊肉，怎麼不痛？」。

妳看，連不識妳的旁人都知道妳對我的重要。

我沒有說話，我只是笑。

怕點頭了自以為重要，怕點頭了淚會掉，怕太把自己當回事，丟得起顏面丟不起尊嚴。

而尊嚴要幾錢？

在妳眼皮底下，我何來尊嚴？又何需尊嚴？

回到那年，還是要給妳寫上封封對稱的信件，好多字句重疊，不過是反覆一句，我捨不得妳。

「我真的好疼妳。」妳說。

「但我卻最傷妳。」我說。

還能為誰寫下字句？

縱然今非昔比，妳仍舊是筆尖下的名。

那些無數個一起走著的日子，只見了妳便信手拈來的詩句，我們怎麼會知曉那美好的內裡竟全是處處見骨的傷？

還是暖天的四月，我狠狠地跌進一場狂風暴雪。

於次年二月的雪國裡，妳拉住我越過一片荊棘。

妳站在風雨裡對我笑，我甚至不必走近就能清楚妳，可我清楚妳但

還是忍不住了怨懟。

　　是妳帶了風雨來，賜這荒蕪又死寂的沙漠一場甘霖。

　　也是妳造起了海市蜃樓，告訴我那座綠洲是個幻影。

　　是朦朧地愛著又清醒的怨懟了。

　　面對疼痛，才知道妳始終委身在我身前。

　　妳疼我，妳也要世上的人們都疼我，這是妳疼愛的方式，不拖泥帶水
的直接，光明正大的偏心。

　　如果回眸是情深，我和妳能不能不要緣淺？

05.寫在巴黎

有幸相知，無幸相守。

年輕時的愛情總是炙熱，甚至愛得過火免不了渾身是傷，因愛而生的尖銳把愛人傷得體無完膚，所有的炙熱全成一把火，燒得我們不得不逃，就連告別也倉促，妳陪我走過許多年月，卻在離別時沒能好好地擁抱妳，對妳道謝。

而其實還有一句對不起沒給妳。

已經這麼多年了，妳知道嗎，分開後日夜的沉寂、看盡五季花落，我終於學會如何去愛，可是那個人已不是妳。

我們一路相愛沿路傷害，當時多大快樂，我的現在就有多大悲哀。

走了大大小小挫折也歷經過低潮，卻把我們賜死在平凡的流年裡。

我們辜負了那年美好的相遇。

後來我一個人去了巴黎，走完聖母院的那天夜晚，我終於在異鄉的飯店裡崩潰痛哭，我把自己捲進棉被裡放聲哭喊，我說：「我來了，但沒有妳了。」是最後的嘶吼讓我清醒，而妳不會知道我吼叫著的是妳的名，於是我回來了，至少在台灣，我和妳仍站在同一塊土地上，這是我唯一連結著妳的方法，法國太遠了，不會有所謂的偶遇。

我沒有信仰但我在那跪好久，妳知道嗎，那一刻我私心的要祂讓妳回來，可是即便上帝真正存在，祂也救不回妳已死的心，但我祈求上帝照顧妳，即使妳已離開，我還是希望妳一切都安好。

我終於明白如何不再傷害，而妳的不在也更讓我知道何謂千金難買。

我以為我們的愛情可以走到天長地久，我又怎麼會知曉其實轉了個彎就是死路一條。

　　如果愛是沒有理由的心疼和不設前提與沒有底線的寬容，那麼我期望有一個人能這麼對妳。

　　這是我對上帝最後的祈求。

　　而我與妳不論是活著或死去都不會再相愛也都不是愛情了，可是我都記得，記得妳說過的、記得妳做過的、記得我跪在寒冷的聖母院裡祈禱，也記得要怎麼去愛一個人而不再讓彼此受傷。

　　已是十年過去了，我一切安好。

　　我希望妳也是。

06.咫尺之隔已是天涯

十年生死兩茫茫，不思量，自難忘。

二十五歲沒能送妳的花，希望三十五歲能給妳這年紀該有且不擾人的溫柔，於是我只能用文字紀念。

眼波流轉十年過去，分開十年愛妳也十年。

十年不長不短，用來裝一個妳，看似深情實則荒涼，此後再也沒有人來到我的心上。

此去經年，我們失散在街角，背對背的用力走出彼此的生命，但是生活的軌跡在繼續，只是當一切都成為過去，執念再深，終究只是曇花一現。

儘管是一個十年，儘管是用去一整個青春歲月。

與妳咫尺之隔已是天涯，縱使知道這世上沒有不帶傷的愛，可心裡早已荒無人煙，那樣的荒涼已經種在我心上，因妳而生的荒涼讓我練就了不再輕易為誰紅了眼眶。

對妳最荒涼的溫柔，就是看著妳來妳走，我還小心翼翼守候。

在妳之後，至今都不知道怎麼樣才算真的喜歡一個人。

生命裡再也沒有不能提及的名字，沒有不能翻篇的事。

愛過一場，像透支了一生情感，而且都把籌碼全輸了。

可怕的是時間，時間總是無情。

而我怕的是時間已經雲淡風輕的過去，妳還沒過去。

07.只要還活著都有再愛的可能

　　她彷彿聽到在那片遙遠的土地上，人們吹著嗩吶、擊著鑼鈸緩慢地行走著，各式各樣的樂器鳴奏出高高低低頻率不一的送葬樂曲，她甚至能想像那畫面，一行人舉步蹣跚，痛哭的哀嚎聲在空中縈繞，擊鼓似地打出了規律節拍。

　　那些悠揚的聲音清晰絕望地朝她兇猛撲去，音符在她體內亂竄，走在最前排的道士誦出來的經詩，聽進她的耳裡開始撕扯著她每一條最細小的神經。

　　它們轟然地碾碎了她留在那片土地上的痕跡。

　　那是年幼的她，在冬天的暖陽下站立，一切都是最純粹美好的樣子，直到送葬的隊伍也一併把她帶去。

　　曾經那人說過：「只要活著都還有再愛的可能。」卻忘了告訴她，如果生離死別先來了又該怎麼辦？

08.我已經不在妳的文字裡

後來，我已經不在妳的文字裡。

開始總是纏綿悱惻，我被妳藏在文字裡，用暗號代替。

而後暗號也消失了，換了另個人光明正大佔據妳的篇幅，進駐妳的生命，從字句裡看出妳對她用情是如此深刻，我只是隔著螢幕淡然看著妳的熱情為她熱烈燃燒，一如當時妳為我焚火般赴愛。

我消失在妳字裡行間，自妳生命黯然退場，細想我該像妳那些舊人一樣識趣地轉身，我以為的灑脫在妳眼裡到底不是灑脫，妳說：「我以為妳可以轉身就是天涯。」

可是沒有妳，我哪裡還有天涯？

我終究不會是妳的天涯，妳心底太大，住一個我太小，妳的天涯始終人多熱鬧，我要的細水長流妳愛的轟烈波濤，所以背道而馳也不是沒有原因，妳給的來日方長都是一顆顆美麗的七彩泡泡，現在一個個被擊破了我才知道什麼是現實裡的人走茶涼。

後來，我已經不在妳的文字裡，那段落是我哀求來的一篇情意。

我知道妳只是寫而已，妳早已不在這裡。

09.失去夏天的那一年

我回來了，敲過門才知道妳不在。

在還是一片黑暗的子時，我趕著路趁天未亮前回妳身邊。

路上野獸兇猛，可妳就是我的信念。

路途遙遠但我不畏崎嶇只怕妳失望。

路標不夠明確，沿著思念的路線總能到妳眼前。

我終於回來了，敲了妳的門才知道妳不在了。

回家的路我沒有忘，妳也沒有等待。

指間擋不住咽嗚

流瀉了一地無可奈何

那所有為妳預習好的傾城溫柔

都在沒有回應的門前支離破碎

我記得那一年沒有夏天

那是一條界線

希望與失望的分水嶺

隔開的是距離

太遠的是愛情

而後再也不見光

我哪裡都能流浪

10.最犯賤的事情

這些年像單身也不是單身，很多人來過身旁卻沒能住在心上。

以為說著愛就是活在愛裡，卻膚淺的幾度連自己都看不下去，那些牽著手的時候、被需要的時候、耳鬢廝磨的時候，才覺得離愛很近，下了床走在現實上卻又能把自己抽離遠遠的，每個來電顯示都叫寶貝，最多記得那人的姓氏或妖豔的臉孔，日子是如此日復日有順序地推進著。

今日的文字都是無可奉告的心事，關於妳的一切很難輕巧編寫成詩，只好藉此簡短的告訴妳，我在單身的日子裡做的非單身的事，是不是就可以讓我們省略那些心知肚明的荒唐與無知。

如果我誠實以待，妳會留下來，或者讓我留下來？

追根究柢知道是我太寂寞了，才會在心底對妳發出這麼卑微的請求。

每一個人心中都藏有一顆朱砂痣，

才寧願讓往後感情路寂寞一輩子。

那麼我想我或許是一顆珍珠，妳是我年輕時初遇的那顆砂，沒能奪走我的命卻日積月累刺激著傷口，我一層一層分泌且包容，直至年月過去完全覆蓋妳，直至我再也容不下另一顆砂、再也無法愛上另一個她。

11.篇幅必須繞開妳的名

繞過妳的名。

後來的喜歡都只能小心翼翼的看，不再明目張膽。

所以再寫了什麼故事都會謹慎的避開妳的名，不再寫詩給妳，晚安講給別人聽，等到一天雲淡風輕，或許還能學著重新問候妳。

而妳也有如我這般過程嗎？

不去說誰對誰錯，有人問起會回答那段日子很美好，把感謝對方讓我成長的話掛在嘴上，沒有長篇大論的細節，只有那幾年的輪廓，越來越少訴說心裡感受，喜歡的樣子越發模糊。

妳已經沒辦法再因為一點心動就毅然決然的喜歡，所有的欣賞都因妳築起的高牆而只能躲在牆縫偷偷看，妳的喜歡因著年月推進不再明目張膽。

相愛的日子不長，而妳卻這麼難忘。

即使我已經學會在白紙上繞過與妳所有的有關，可還是抹不去妳曾讓我棲息的懷抱溫暖。

在這個令人發寒的暖冬，由內裡流失的能量已超出我想像。

我在沒有妳的四季，過著逼人寒冬的天氣，

可沒有妳，我也不曾感受過何謂暖陽風景。

12.在妳之後我該如何去愛去相信

那些欠妳的時光，我已經用我的漫漫餘生彌補著了，在妳見不到的時候我因妳寂靜無聲地消沉，我甚至可以與更多人談情說愛，由忠誠走向不忠實在太容易了，但我忽略靈魂始終只有一個，而且早已經背負了妳的名字刻印了妳的容顏。

若是妳知道了我長年帶著妳的影子愛著其她人，妳會因此為我心疼嗎？

有藥吃的時候我能不寫字，不依賴寫字當救贖。

忘了誰跟我說過：「太愛咀嚼與沉迷書寫文字的人或多或少都有病，敏感易碎讓自己與旁人都很累。」我想我從來都沒有讓愛我的人輕鬆過，愛我的人始終疲憊，總是追逐我的不定，無法看清我的反覆，至始至終搞不懂我為何外熱內冷。

我並非天性忠誠也非忠貞善良，但人們總愛這一點賤。

我的病因是因為我愛妳卻失了妳、不得妳，也因妳的背叛太過刻骨紮實。

是遺憾與悲傷還有困頓的總和，我總能清晰的分析哀傷卻無法解決它，我或許是個哲學家擅長思考但缺乏科學家的研究精神，我只有「所以」沒有「結果」，於是寫得淋漓盡致但沒有一個完整的解釋與結論。

就好像與妳美好的開始，我拿著一手好牌卻恣意揮霍資產然後玩爛了結局還怪緣份太淺薄。

我們曾經有多近，竟然近的到不了。

外面的街景覆了雨水，安安靜靜的反著光，亮了這一片暗了那一角，我看不到太遠的地方，卻覺得所有的一切都在這個雨夜裡漸漸被抹去。

妳還在很遠很遠的地方，聲音總帶有不可能實現的坦然，坦然得讓人覺得寂寞難當，彷彿妳從來都在，又從來都不在。

我一直都記得妳說過的話，可能的不可能的都在心裡，可能的那些我們已經笑著見到了終點，不可能的這些，我一個人也要想辦法實現。

如今不過就是妳不在，不過就是情深緣淺，不過就是拿了張鬼牌，這到底有什麼難。

只是我比我想象的要蒼老太多了。

我老得很快，根本敵不過那種轉瞬即逝的容顏和心力，彷彿昨天還能被人捧著看成一個孩子，懵然就成了回望的長者。

吃一顆藥我就該停筆了，我害怕此篇無止盡地寫下去，字句反覆卻環繞妳，觀眾就要看膩了，怕是我也快要無心。

在妳之後的女人都是贗品，

我該如何真正去愛去相信？

13.我的願望很小寬容很大

是為妳不停止地寫，才清楚妳之於我的重要。

我以為還能有很多主題，以為這是個寫不完的花花世界。可是當愛上一個人時，就只想寫那個人的眉眼，想為妳書寫妳的一切，想把世上所有美好的詩句都給妳卻也知曉世上所有美好的詩句都不足以形容妳，愛上妳，字字句句只能是妳。

愛一個人時，心很大也很小。

有時恨不得心大的能裝得下一整個她，

有時心小的只求她只要都能平安健康。

沒想過要為一個人守身如玉卻心甘情願被妳心靈束縛，而妳相信嗎，我只是希望我給妳所有的晚安都能有回應，我心小的如此而已。

沒有詩人的筆卻希望能為妳寫到山窮水盡，

不是詩人的心卻渴望能為妳做盡浪漫事情，

祈求這顆被亂世玷污過的心能因妳而乾淨。

14.冷靜的分手短訊

那時還是二月大，適合沉睡的日子，天氣凍得想醒都醒不來，醒了也得繼續裝睡。

那半月每天都在追趕行程，只記得人是到了上海虹橋，魂還留在松機片片紛飛。

好像寧波到杭州再到烏鎮那段路印象最深刻，妳打了電話來提分手。

忘了是怎麼面對旁人的詢問，忘了離妳究竟多遠，如果在那刻趕回去還來不來得及挽回妳？

後來一路到了南京，殺戮聞名的歷史我只看見一具具長滿青苔的墳，裡頭埋著無名屍，草木包裹了血流成河的那些事。

而現在妳與那些屍同步讓我記起，是不是也算一種另類的思念模式？

那一年的外灘，我們嬉鬧說笑著誰與誰一對。

後來沒能成真的心願，我把它留在淺草寺了。

獨自走過的巴黎天空蔚藍得很美，像初時戀愛的氛圍，我把那曖昧情感流放在戴高樂機場，用寂寞包圍布魯塞爾再過境鹿特丹的雨天。

今天心情哀傷得不願回憶誰，好像妳的名字與每日幻化無常的臉。

今天心情難受得不能思念誰，卻還記得那些為妳走過的高低路線。

我走了一小塊世界，

在走過的那些路上扔下些小小麵包屑，

當妳終於想起妳刻意遺忘的那些歲月，

還能沿著線索找到我為妳踏上的旅程，

那每一個腳步都是我摻著眼淚的思念。

很高興在多年後聽妳侃侃說著她的美，

而我終究再也沒有那樣的氣力去對誰。

15.我能為妳拆下翅膀，妳未必能為我洗盡鉛華

天色漸漸陰暗下來，關上了窗，十月的晚風有些涼。

這偌大燈紅酒綠的不夜城，過了台北大橋後整座城市就顯得妖嬈鬼魅了起來，在冷漠的城市生活必須比它更冷漠才可以好好的活，還好我早先一步離開了它。

到處都是糖果南瓜的萬聖季節又要來了，若撒一地騙小孩的糖，能不能把妳誘騙來我身旁？

可惜妳已經不是個那麼好哄騙的孩了了。

閉上眼睛時想著，生活其實可以很平靜，只是總有些暗湧時不時攪得人生有了漣漪。

漣漪帶起的波瀾總是激情，常常讓人誤以為相信這一定是上天不得不的注定，所以我們時常美化了相遇。

關於人抽象的本質問題我就略過了，我能為妳拆下翅膀，妳未必能為我洗盡鉛華。

雖然我們都知道被略過的問題才是真正的問題，那我就先寫到這了。

「下雪之後，整座城市就是一片白色的墳場，杳無人煙。她站在那，找不到要上哪座墳。

　　來時沒有方向，回程沒有出路，彷彿進入了巨大迷宮，在一座座墳頭搭起的戲棚裡。

　　暮色蒼茫，月光悄然上場，身心已然疲憊的她，終於彎下身捲曲起自己。

　　在恍惚間似乎看見，倚靠的碑上，是她的名。」

16.妳就是我的嚮往

　　傍晚後空氣開始潮濕，八點過後果真如氣象預報說的下起了雨，聽說接連三天全台皆濕冷有雨。

　　這雨下的我心安也慌張，到底心底破洞沒傘能撐卻渴望傾盆大雨洗刷。

　　窗外望去街道一片反光，是紅燈妳不再靠近的止步，是綠燈妳離我遠去的腳步，是閃黃燈的欲言又止，是單行道的一支獨舞，我還是如那些年一樣沒能選擇，只是委身在騎樓下或棲身在窗內看著妳都不參與妳，記憶斑駁十年，腦內十年的妳仍舊動人鮮明，儘管妳只存在記憶。

　　我還是喜歡住在高高的樓看車水馬龍，偶爾數星星看月亮，偏好在城裡看暗了才有的燈火微光，伴隨一些夜宵叫賣的吵雜，我想活得人模人樣，藉由街道市井勾勒出點人性的癡狂，否則除了妳，我還有什麼嚮往。

　　提筆至此原本張狂的雨竟陡然止住，歪斜傾向於妳的心思猛地被矯正回正軌，是不是提起妳，我就連天也必須得逆？

17.太髒的日子妳不要看

　　與妳尚且不談永遠，我只有現在也只給得起現在，

　　只給妳乾淨潔白，太髒的日子妳不要看。

　　我在那些壞掉的女人身上總能摸索出她們最原始的初衷，不知道為什麼她們總是能夠坦誠的對我說出深埋在她們心底的秘密。

　　妳是不是也有秘密，而妳的秘密是否就是我？

　　我不擔心堆疊出來的我們會被如何揣測，就如同我從來沒信過她們耳語中的妳，我還可以出賣一點自己交換妳，換任何妳想在我面前呈現的樣子。

　　我在新生、崩壞、不斷輪迴、週而復始、重演的這些過程裡更加認識自己，我知道最後我只有兩個選擇，愛妳或者遠離妳。

　　不要煮沸的曖昧是不是比較甜美？

　　雖然我想邀請妳來我的子宮裡遊玩，

　　當然我也想親手撫摸妳腰間的刺青。

　　今天在簽單上簽名時意外喜歡自己的名字，而我想，妳或許是這世界上比我更喜歡我名字的人了。

18.親手結束才是負責的表現

我還有些話想說，一些黑黑的不太能見光的。

或許是倖存者所以珍惜現在的命，所以不輕易愛抑或該說是很難愛，總之難解釋的我都推給命運了，是命運這樣安排的。

有的人樂觀，失戀了能把心撿起來拼一拼再去闖天下，而我天性悲觀，在愛裡被判死刑就是真的死了，當初能夠死裡逃生是真的命不該絕，十足僥倖的倖存者。

妳今天的作法我完全不意外，這就是妳，被我逼到沒路的妳，妳從不反擊卻也不正面應戰，這是妳的體貼也是妳的懦弱，可這就是妳，我深愛的妳。

妳知道貝殼的故事嗎？

當妳找到了妳心中覺得最美的那個貝殼之後，就不要再來沙灘了。

我選擇走了，這是妳要的，我唯一還能給的，

愛到了最後，我沒有恨妳，只剩下遺憾而已。

對摺好妳的信，結束了這齣鬧劇，

我沒有喜悲也沒有太多情緒，

或許打從我手中一開始這就是個錯誤，

現在這個錯誤由妳來親手結束，

才會是真正的結束。

19.當妳死了那般愛著

相依了將近六年的感情到最後竟然只剩下爭吵，好像也不知道為什麼那時候頻繁的電話慢慢就衍生成了無休止的爭吵。

沒有任何一件事真的值得我們去吵，可是當聽到彼此的聲音彷彿就只有用傷害才能確定愛還存在，就好像只有聽到對方都氣得吼出聲來，才能確定彼此是真正重要的。

即使這樣，我們還是常常打電話，我喜歡聽妳的聲音，不管是憤怒的還是別的，只要還有感情，就行。

那次足足冷戰了兩天，即便知道我會等門妳仍舊參加聚會到了四點才帶著一身酒氣回來。

「怎麼不叫我去接妳？」我問。

妳一邊脫衣服拆耳環準備卸妝說：「我怕甩了妳的車門妳又不高興了。」

「那就這麼忍心讓我等？」我又問。

「來陪我洗澡。」妳一絲不掛拉著我往浴室去。

「我洗過了，妳自己洗。」我說。

「妳幫我洗嘛～」妳開始撒嬌吻上來而我躲開。

「妳能不能別喝了酒就開始任性，明天都還要上班？」我說。

「妳躲？我親妳妳躲是不是，妳現在嫌我酒臭是不是？」妳忽然憤怒提高分貝。

於是從浴室再爭執回臥房，妳拉扯我衣服的聲音，肢體碰撞的聲音混

雜了誰的咒罵聲，掙扎中妳從床上跌落，瞬間的疼痛讓妳稍微清醒了點，酒精到不了的神經末梢開始活動，模模糊糊重影中似乎看到妳拉開衣櫃穿了件浴袍，喘著氣吼著：「妳他馬裝什麼清高！等著給妳上的女人還少嗎？」

恍惚中，是真的被這話傷到了。

遺憾的是往往我們應對愛人的傷害只有反擊，我紅著眼看著妳，忘了是面無表情還是微笑著說：「對啊，妳還真提醒我了……」

開始掏出手機翻找號碼，一邊站起來要往大門走，那個時候從床邊到門口能有多遠？也許就是因為心中不捨。

慢了一步沒有跨出門口，我被揪住衣領拉扯著轉過身，妳沒等我站穩甩手就是一耳光。

我在這時才清楚的意識到，剝開妳溫文儒雅的外衣，妳也是一個具有攻擊、侵略性的女人。

我知道妳沒有用力，可那是妳唯一的一次對我真正意義上的動了手，這就是現實，沒有太多的遷就，有的只有紮實的對抗以及一點點殘存的感情。

那一巴掌妳後悔過嗎，還是妳仍推託給酒醉了？

一如妳總調侃：「跟妳這種滴酒不沾的人在一起真不好玩，妳永遠都清醒的看著我，不懂我微醺的快樂。」

是呀，我是真的不懂，我不懂失去理智的這種快樂為什麼叫快樂，我也不懂一巴掌後隔天還問：「有嗎？為什麼會這樣？」

如果妳知道會有那一扇耳光，妳還貪杯嗎？

「我沒有生妳的氣了，我希望永遠都不會有人因此生妳的氣，並且能夠一直眷著妳的驕縱霸道，如果再一次，我還是會這麼做。」

我一直想這麼對妳說。

總是要設想妳早已死去好幾回

假想已經帶過鮮花拜過妳的墳

當妳死了那般還是懷念著愛著

但永永遠遠都不會再在一起了

20.哭泣的晴天娃娃

我的晴天娃娃沒有放晴

不是氣象預報說的晴朗無雲

陣雨那是我的淚滴

風來都是我的嘆息

我的日子沒有風和日麗

晴天娃娃只是點綴沒有效應

不合時宜的天氣

開口說話都得端看心情而定

所有觸目驚心的傷口

都要用名為時間的針線來縫

從搖籃到墳墓

周而復始

是妳給的傷妳要負責到底

所以妳只是愛我都還不夠

要把我的名刻上妳石碑

再把我的人帶進妳的墳

有什麼關係？

反正妳早已葬送了我的心。

21.把自己打理好，等妳來

愛上妳的那一瞬間

我成了一片海

只有拍浪遠去沒有回岸

我寬容地愛著

允許妳是艘遠洋的船

在妳停泊之處為妳打造一個港灣

在妳啟程之際為妳確認所有航班

也無謂是不是等待

對於妳就像是四季輪轉

時間到了

妳自然會來

22.妳是我最虔誠的信仰

　　寂寞吻穿了我的脊椎，我可以以骨當傘，為妳遮去一些風雪，在傘下長出花朵供妳欣賞或裸著一身藤蔓驅趕妳的哀傷，妳不受晝夜影響，妳將長成全然的自我，但若妳需要，我便為妳把空白曬黑，妳的靈魂能有翅膀，我不攔妳去嚮往的遠方，妳還能化作繁星永恆不墜，而我會為妳專一虔誠的仰望天。

　　為妳。

　　妳該知道，我在寫妳。

　　我還是習慣把稍甜的文字留給妳，即使妳已接收不到絲毫訊息。

23.妳的高貴我不配

看盡了各種離岸

才知道妳不是我的海

我不能是漂浮在妳身邊的船

更遑論是奢望為妳站成一座港灣

可是我願意

渡妳一程讓妳去尋妳的岸

可是我可以

暫時當一艘巡狩妳的航班

也許還能是

為妳提筆的詩人替妳擋刀的將士

而愛在願意與是否被允許之間一分為二，

一個在幻想中進行，一個在現實中打擊。

24.只剩我一個人的傷心

明白風往哪個方向吹，雨就要往哪個方向傾，

卻看不清楚愛人的心若不在這裡會往哪邊去。

我不擺渡她，她就超渡另外一個人。

愛裡有失有得很公平，不過是我的失她的得而已。

到頭來，只剩我一個人的傷心。

25.時間總是會提醒妳，該來的還是會來

總會遺落一些遺憾是來不及收拾的，

十七歲沒吻到的心上人，

二十四歲沒送出去的花，

三十四歲放開了妳的手。

總是有些沒辦法填滿的缺日益擴大，

十八歲初嚐的失戀滋味，

二十五歲懂了背叛離別，

三十五歲妳的結婚喜帖。

26.那些葬在青春裡的人

北漂的時候才發現妳不在，

南飛的時候才清楚沒有根。

入春的夜還是感覺到冷，拉緊領口卻失了想望。

忘了那人到底是不是親口說過：「我給妳一個家，妳不要再流浪。」還是究竟只是夜半幻想。

北漂那三十年間弄丟了三個愛人，爾後便開始發病。在日裡夢靨在夜裡清醒在最不該認識愛情時認識愛情，在懵懂年紀用血淋教訓走別離，在北城活著南方的夢所以終於破碎的一敗塗地。

南飛的燕以為避得開北方的冬，回到巢穴才看懂人走茶涼的寂寥，所謂巢穴不過枯枝兩三根，還藏在心窩當寶。以為豔陽夠暖，心就能不寒，以為埋得了北漂的傷卻經不住心底似黑洞反噬的暗黑質量。

而無論是北城還是南方的人都已經被歲月摺疊的太厲害了，北漂的時候沒有妳，南飛的時候沒有根，以至於人在北城南方都像是無邊際的漂浪。

那個人那樣的愛情已經不在/再了。

才知道那些葬在青春裡的人，妳不能回頭望，一牽動心就痛，一回首淚就流，妳只能往前走，無關路途是否流浪，也無關妳還愛著更甚是夢想。

27.其實我們一直都無能為力　給I

「還當我是朋友嗎？」她忽然問了我。

而我總是想起妳。

妳知道的，生命中有太多事情都太過於隱晦，就像是妳曾經這麼問過我：「我們會如何淡出彼此的生命？」而親愛的，這一刻已經悄然來了。

親愛的，這一刻已經來了，即便妳矢口否認，或是信誓旦旦說著妳仍然感激這一切且不曾遠去，

但有些事情，其實我們一直都無能為力，就像我曾經漠視妳眼裡鋪天蓋地的荒涼，可我內底卻因此倉惶失措的混亂了心跳。

我只能把我們寫成這篇晦澀的字句，崎嶇且不那麼平順，讀起來甚至吃力，唯有如此妳是否才會記得妳最初靠近的理由？

「我們會如何淡出彼此的生命？」妳隔著一片海峽，拿著話筒問我。

望著妳最後，我不知道該說什麼，也不知道要說什麼，其實我又能說什麼呢？我忽然覺得世界過於偉大，自身太過渺小，想做的事、能說的話，都僅僅只能被生之仲裁者把尺寸量好，將話語裁切整齊才可以交到妳手心。

這一次我想問妳：「妳怎捨得淡出我的生命？」

28.而原來命運從來都是不可逆的

我寧願我們的緣份都用在和妳初見的那天，

然後不要再見。

我也許會遺憾，

還會夜不成眠，

我也許會寂寞，

還會一直想念。

然後靜待時間為我撫去所有感覺，

隨著年月替我隱匿去妳最後身影。

或許在很久很久之後的陰雨天裡，

我會猛然憶起妳是我刻意放掉的紅線。

而原來命運從來都是不可逆的，

挑戰不了天意，妳便只能服從。

我有我不得不牽掛的人，所以還找不到非得要遠行的理由。

我只能用流放這一生的情感來贖這份不應該的相遇。

29.月會缺，愛人的心會變

怎麼了，不過就是累了。

不過就是一句不要了，三秒不到的時間。

有時候心會像沉到幾百米的深海裡，要用力閉上眼睛再費力的睜開，想起這些年都是處於一種：「我只是告知妳，但我並沒有也不需要妳的回應」的狀態裡，原來理解我與接受我是兩碼子事，原來我都是帶著自私在說愛，在妳們看來。

其實我都不知道為什麼非要在彼此心中爭一個高下，如果我們真的是相愛的話，我們為什麼要在對方的世界裡爭個妳死我活還一定要有個輸贏，到底是我們還不夠愛，還是我們根本不懂愛？

我不知道第一步是誰踏入的，就像我也沒弄清楚最後一步是誰先退出的，我只記得我沒抓好妳的手被妳掙脫了，我當時就覺得妳也許是真的想掙脫了，所以我沒有挽留妳沒有心軟，順理成章的分開，心安理得的放棄，理所當然的遺憾。

一個人轉身一個人沒能離開的深陷。

閉上眼全是像惡夢般襲捲而至的無聲沉悶畫面，

在深海裡。

果然，月是會缺的。

什麼時候才肯相信，愛人的心是會變的。

30.規矩的等待妳

我期待遇到妳

理由必須正大光明

刻意埋伏佯裝巧遇

曖昧雨滴要來得實際

還瀟灑淋雨引妳注意

我等待時機見到妳

鐘錶上的時針已用著年的速度過去

距離第一次翻閱妳

這次的粗魯無禮儼然因妳失了秩序

這怎麼能不怪罪妳

誰讓妳一顰一笑都

過份美麗

31.玩泥巴也行

說不上為什麼不開心，也談不上有什麼樂趣。

有人說妳太閒，有人說妳想太多，有人說妳太敏感易碎，卻沒有人說我帶妳去放風箏。

這樣的生活像是一個被堆在即將春回大地的雪人，不用哭出眼淚就悄悄地被融化在豔陽天。

32.祈願

平安夜，

願妳終能睡到妳喜歡的人。

33.再殘忍還有什麼關係

還好嗎？

還好，只是左心室救不活了。

無聲的控訴進行著。

我用沉默寫了封信給妳，封起信箋投至妳的所在地。

華麗的文字在哭泣，沒有隱藏妳卻始終看不見那些傷。

越追求愛越是傷害，深愛妳也傷害妳。

深夜感覺飢餓，愛是唯一食物，卻明白愛再濃烈也是雲煙。

如果可以，想在遠方走上一段不回頭的流浪。

對我笑，對我笑，即使裡頭藏了把刀。

34.紅粉知己

　　真正討人喜歡的只有兩種人，一種是無所不知的人，一種是一無所知的人。

　　我一直很想告訴妳，妳就是那個無所不知能和我聊南北的人，卻也忘了與此同時妳也是能和她人聊得來的人。

　　妳說妳那兒更冷了，我卻沒有傘能給妳撐。

　　我於是也明白這麼冷的天，妳會與愛的人相枕而眠，妳該交杯，止於唇角，妳該大汁淋漓，搖兌燭火，妳該起起落落，一浪摟一浪。

35.妳終究不是我的人

妳在什麼時候感到最孤獨？

站在城市的中心卻不屬於這裡，流浪卻沒有目的地，汗濕耳際的冬夜裡想抱著愛人好好睡一覺，可我的愛人有愛人。

36.成長的代價（我以為我還小）

必須用些磨難

去證明妳的成長

眼淚一次比一次更少的時候

她們說妳終於成熟

是顆可摘的果

運到市集拍賣

價高者得

妳在流動裡等待

用著少少的期盼

有人花大錢來買

成長的代價原來是用妳一場一場心碎來換。

37.每個人都像妳也都不是妳

我守枯塚白骨

只為引妳來世歸路

我提燈守年末

只為妳能魂入鬼府

與妳

就似那墳上的黃土一把

讓風雨打散不過是早晚

眼波流轉等妳到來

眉眼含笑送妳離開

此去經年

每個迎面而來的輪廓都像妳

38.忌　母親

　　她在我前頭，被推著走。

　　是個四方清白又幽暗的走道，旁人提醒：「不能回頭。」否則靈魂會片片掉落不再完整。

　　而誰又能真的完整？

　　沒有那些破碎，如何知道究竟是否完整。

　　妳別騙我了，我其實是知道的。

　　那是我與她走的最後一段路。

　　也知道終將有天會有個人走在我身後，而我被推著走。

　　「再見哦！」我心裡輕聲說。

　　我不知道什麼時候，但我想不會太久，

　　她應該還認得路能來接我。

39.招喚妳

妳別叫我向光

我不是依賴太陽存活的仙人掌

妳別向我要正能量

我只在陰冷黑暗角落吐絲結網

妳將走進我的陷阱

我用著綿密毒絲唾液分解妳

妳動彈不得的身軀

掙扎擺動召喚我搖晃向前進

妳啊妳

脫去層層包裹妳心事的外衣

袒露妳深埋心間不說的秘密

我沒有太陽照耀妳

但滿溢愛慕滋潤妳

妳就儘管吸收乾淨

待來日回來我肚裡

妳繼續耀眼沒關係

奪了誰的目也可以

滿月的光輝如妳安靜又絢麗

知道妳終將在祭祀壇前睡去

我在壇後加上咒語誦妳的名

妳來吧

妳來我懷裡享受安身立命

世事紛擾都與妳沒有干係

為妳量身打造好風平浪靜

夜裡高歌或舞蹈我跟隨妳

妳將走進我的陷阱

標題抬頭就叫愛情

40.這麼簡單那麼難

讓我對焦妳的眼

看盡妳看的世界

深黑如墨的瞳孔

我要看看除了我之外還有誰

讓我吻上妳頸間

故事藏匿地隱諱

證實了昨夜纏綿

那不是妳慣用的 Hermès 香水

妳到底是怎麼辦到的

嘴說愛我卻上了她的床

妳還有什麼做不來的

背叛輕而易舉還哭著求原諒

激情的高潮妳有了吧

那就別虛偽的說妳不喜歡她

歡愉的呻吟也沒少吧

如妳每夜嬌媚姿態在我床上

沒有什麼叫一時情慾

床上事沒有身不由己

控制不了叫犯賤而已

這麼簡單那麼難，妳說的愛。

41.我有做最壞的打算

相較於她對別人的熱絡，

妳是應該懂得她的沉默。

原路折返，

大概是我在愛妳的這條路上最壞的打算。

42.晚安我親愛的誰

那是一雙空洞凹陷的眼

彷彿凝視之前會先行粉碎

沒有瞳孔似乎望不了誰

突出眉骨抬頭始終不見天

天空其實灰得很易碎

不該思念卻還是忍不住想起誰

把心狠狠打死一千遍

夢裡夢醒都是妳的臉

妳睡了嗎

妳睡了沒

沒有我說晚安的一天

妳會不會好眠

我正要睡

睡前寫首詩紀念

如果彼此牽掛有點累

不如今晚吃顆藥

讓心能好好休息一天

晚安晚安我親愛的誰

43.相對論

我心中最完美的愛情是，可以有不完美的地方；

就像我很喜歡妳，而妳一點都不喜歡我一樣。

44.傘都還沒做好，風雨就來了

　　我不知道順其自然是有多自然，但我知道必須要有多刻意才能和妳走在一起，也知道現實有多現實，不能就是不能。

　　傘都還沒做好，風雨就來了。

45.愛裡真正的自由

放飛的自由不是自由，

風箏才是。

風箏有雙讓妳飛翔的手，

讓妳在天空享受著遼闊，

而妳知道她在地面牽緊著妳不會走。

那雙手是我。

46.都是妳拉低了平均值

不要一上來就在那邊愛不愛，很廉價。

47.我們都是一家人

在這圈子，最个喜歡的就是「連連看」。

48.只是魂魄還在人間徘徊

　　今天想起的是王家衛一句經典台詞：「我以為會跟她在一起很久，就像一架加滿了油的飛機一樣，可以飛很遠，誰知道飛機中途會轉站……。」

　　十年後的現在才意識到原來是墜機。

49.像明信片的愛

就像妳在南國已習慣了溫熱清風，

赤腳奔跑在只有明信片上才能見到的無邊青草地，

抑或從未有飛機航程仰頭即是藍得太夢幻的天空，

還有早晨辛勤的農人們彎腰插秧，

就是浮雲都像玫瑰花朵朵。

所以那年妳說：「我不會跟妳去的。妳知道的，北方並不真的適合我。」

我多開心妳只是個簡單的孩子

見白雲藍天就笑

有屋簷避雨就好

啊！還有當時不懂輕重的玩笑：「我們結婚好不好？」

多好的歲月，聽妳說過這麼一句，那時的我們該有多麼美好。

我曾經遺憾妳沒有走

現在我慶幸妳沒有走

「妳回來嗎？真不當我的伴娘啊，沒有妳在我有點緊張呢！」昨天正午出門前，除了妳再無人知曉的室內電話竟像勾人魂魄般地猛然響起。

即使已輾轉聽說但再聽見妳軟軟地語氣說起，其實真的沒有什麼叫做雲淡風輕。

我都劃好日期了。

妳希望我去，那麼我便失去了不到場的理由。

如妳曾經失速走向我，如妳那年堅持的不走。

我從不勉強妳，就像妳也從不曾為我左右。

50.只能是妳的故人

這種日子沒有什麼好說的了，愛戀與失戀同時進行，五月繽紛也黯淡，明明立夏心裡卻嚴寒，本想沉默的過去，不想雲時風雨。

這種日子沒什麼可寫的了，自心底流失的想望已帶走太多真實想法，寫與不寫都只是個交代，而妳並不期盼我的文筆，那麼我便不自作多情。

奔波三十年，才知道離群的雁終究還是飛不到南方。

我只是妳一個故人

說愛太遠卻也不算生分

我把妳轉身的剪影

抓牢在手裡

我把妳細細的眉色

暈染在背後的黃昏

我把思念鎖在行李箱裡

託付給了信鴿

把給妳的書信

刻在途經的城

妳把決絕填進傷痕

好叫我一生對妳帶著悔恨

51.她們的不同

她跟妳一樣，喝茫了後會打電話來，通常已經是三更半夜。

忘了在哪裡看過這麼一句話：「喝醉了會打電話給妳的人，一定很重視妳。」

所以即便當下再怎麼不悅，我還是會耐著性子把電話說完。

不同的是，醉後妳撒嬌，她發飆。

52.適合一個人的凌晨陽台

近口　直想起妳，無關愛情。

說無關愛情也是因為我們之間已經是過去，起碼妳對我是如此，那麼我也不好在我們之間著墨愛究竟還有幾分了。

對妳沒有真正說過什麼，卻也什麼都說了。

情話都生鏽了，再回憶只會灼傷我的五臟六腑。

妳好嗎？

曾經多少的親密演變成這句看似禮貌實則陌生的詞彙當開場白，如妳當日失速向我走來的第一句話也是這麼說。此後妳沒有等待，而我也沒有收到妳的邀請函，於是我明白了過多的問候都會是打擾，所以即便妳從此在我的生命裡下落不明，我始終依然安安靜靜。

我已經原諒了那些繾綣的昨天

也學會不再紀念有妳在的從前

只是此後我的生活叫做流離失所

而妳精心策劃逃亡的路線叫自由

53. 謝謝妳盛開在我的夏季

她靜靜地躺在我的關注裡沒有再更新動態了。

她的最後一則紀錄是戀人眼裡才有的甜蜜，我想彼時那樣的世界是粉彩色的燭光，搖曳愛人的姿態，用眼睛當底片剪輯出愛人最美麗的身影，日日再用文字細膩寫下日記當作情書聊表愛意，愛人的眼裡字句都是詩，愛人所望之處都叫遠方與春光，曾經我也被藏進在她的字句裡，是曾經。

古人說沒有消息就是好消息，我多久沒有妳的音訊了，而我是如此安慰自己，一定是這樣的，沒有消息一定就是妳的好消息。

如果妳不曾望向我，就請妳一心一意的向著她；

假使妳曾經望向我，就請妳此時此刻不要回頭。

她靜靜地躺在我的關注裡沒有再更新動態了，而我完美的隱藏了足跡悄悄拜訪，在每一個想起她卻不能再告訴她的時分。

而此篇只是謝謝她曾經盛開在我生命裡，曾經。

54.我都認了

還是逃不開這個年。

削了一地長髮才忽然意識到原來妳們離去的姿態大抵都相同，我不因此脆弱卻在大寒的冬裡汗溼了耳際。

冷風徐徐遍地青草離離，拂來新生也掠過死寂。

熬到春暖花開時，竟恰巧是十年痕跡。

美麗年華都似流水太無情。

我終究等不到妳的回來

避不開的劫數

走不到的流年

敵不過的宿命

我都認了

55.死於非命

「妳心裡的小鹿還在嗎？」妳又輕又小心地問。

「死於非命，埋了。」我說。

期待什麼，小鹿就是亂撞才會死的啊！

56.這才叫犯賤

在醫生還沒判定我有病之前，我都不因此後悔。

以前的年紀愛妳，不見棺材不掉淚，

現在這年紀還愛妳，見了棺材還不掉淚。

57.最暖心的事　給 I

如果落難，骨頭越賤越硬，人與人越愛越輕。

──倉央嘉措

知道那些錦上添花為何而來，

但我只會記得妳的雪中送炭。

58.太多的想念其實都是恨

想念冬天，想念不長進的閱讀速度，

想念夏天，想念妳胸線的水滴弧度，

想念秋天，想念床邊盛著潮濕汗水，

想念春天，想念妳薄衫下的黑內衣，

想念有妳的四季，帶我住進荒野進而穿梭荒野。

後來的女人都無法像妳，

可以墮落地獄可以飛上天。

59.曾經妳就是我的家

都忘了妳已經是我的遠方

我還是朝著妳的方向

所以才會把回家的路走長

向身後的長街呼喊仍有回音

只是等我的人已不會再是妳

都忘了妳已駛離我的港

我還奢望為妳站成崖

可是燈塔還亮著等妳想起回航

我已不居住在妳心上

理所當然始終找不到家的方向

曾經，妳就是我的家。

60.我們都只是彼此的過客

清風拂過人間

以過客的姿態

我等待了千年四季輪轉

這扇門

妳不曾開

生死劃過奈何

以獨裁的角色

我流浪在忘川上不了岸

這份情

妳不想看

大抵是知道我的執著感動了自己也感動不了妳，

拒絕了多少擺渡人也進不去妳心裡，

喜歡妳從來都與妳無關，是我自己一個人的事情而已。

可憐了我下個愛人，得不到我的完整。

61.寫盡

詩人落筆的重量攸關生死

上一章節甜如蜜

這一篇幅入墳地

這大概就是紙上談兵

生活觸不到妳但可以盡情寫妳

如果可以，我要把我寫到妳心裡去。

62.新婚快樂

我有一疊書信

裝載十年回憶

今日開箱拿起

火焰一把燃盡

我給妳曾經歲月

妳還我乾笑兩聲而已

我陪妳蹉跎光陰

妳在意妳的歸宿哪裡

燒乾了妳的筆跡

也把妳燃燒殆盡

我待妳似水般的柔情

妳來帖要我出席不屬於我的婚禮

我的紅包大禮不會少

太過刻骨的我會隨著這把火忘記

新婚快樂，我祝福妳！

63.沒有什麼不同的一天

今天沒有什麼不同，一樣是三百六十五天裡愛妳的其中一天，可能今天來了風雨、可能一早工作受挫、可能見到路上情侶手牽手、可能晚餐的空位太顯眼、可能想去 IKEA 才驚覺一個人、可能想看的那部電影上檔了、可能……，所以翻攪了潮濕的想念又更濃烈了。

其實這天沒有什麼不同，只是愛妳這麼多年的其中一天，我還是很好的在生活，沒有因為妳的離開而改變了我自己，我沒有因此墮落、沒有借酒澆愁、沒有失去工作、沒有懶散怠惰、沒有不積極生活、沒有迷失方向，也沒有忘記當時愛妳的初衷……。

今天沒有什麼不同，一樣是三百六十五天裡愛妳的其中一天。

只是愛了妳太久太久，才以為這樣過著的每一天沒有什麼不同。

64.時代的輪迴

明明三十來歲卻有個六十多歲的老靈魂，整整活上她一輩。

她說她最後的時間異常清醒，說要吃清蒸鱈魚帶蔥帶薑絲，說小時候柑仔店玻璃罐裡兩顆沙士糖一元，說那年代都是最大的孩子一肩揹著弟弟一手牽妹妹去田裡給媽媽餵奶，說弟弟是寶，妹妹生多了賠錢沒人要，不用讀太多書只要養大就好，說命太輕薄，十二歲就被討價還價拍賣掉。

她實在說了太多，然後她問：「我兒子來了嗎？」

自己曾被性別輕賤，竟也在最後輕賤了性別，非要悲劇重演才知道是自己把宿命走賤，輕巧的給女兒傷口，還能歸咎都是時代的錯。

她僅有三十多歲，看著老母親心心念念的誰比不上女兒在病床邊的陪伴，她忽然感覺心累，靈魂跟著老母親自費醫療費用瘦了一大圈，她當然不懂什麼是標靶藥，只是醫生說存活機率較高，於是房子二胎貸不過就往錢莊去，借錢借到人們視她為瘟疫，而她的老母親說要吃清蒸鱈魚，開口閉口就是：「妳有沒有看見妳弟弟？」

她沒有丈夫當然也沒有娘家，活活的完成一個作為兒女應該的送別，她母親在凌晨走完一生，她的靈魂增長了一倍年歲，往後看誰都成薄薄的輕煙，看見然後穿過再說再見。

時間好像不夠，彌留拖了太久，費用一直跳錶，她還在想著要去向誰借錢才好。

時代的眼淚，直到她也這般的對待了誰……。

65.妳終究存在我的想像而已

妳不想揹上辜負罪名只好讓她繼續沉溺，

妳說了太多但卻也好像什麼都沒有說過，

反正說來說去妳不過是拿字當保護盾牌，

妳在這之內，

把她推向外。

彷彿聽她這麼一說，妳就能好過些。

從此不再魂縈夢牽，遺憾僅剩一點。

終於落幕的劇情

台下亮了燈

我依舊沒能把妳的表情看仔細

妳其實來過這裡

激起了一片漣漪

只是至始至終

我還不知道妳的名

妳終究存在我的想像而已。

66.樂觀者如妳

表現出來的 切看上去還是這麼晦澀，

上吊了人們還以為妳在盪鞦韆。

67.下次見

在結束時總會想到開始。

我也以為妳會一直帶著我飛不讓我墜，

信了妳說即使就在崖邊也不會讓我跌，

信妳伸手揭開簾幕就是白晝沒有永夜，

妳卻讓我死得沒能有沉冤得雪的一天。

在開始時從沒想過結束，

卻沒想到我們一別竟此生再不復相見，

再也不信誰說了永遠誰又說的下次見。

68.只是我詩句過濃

只是我詩句過濃，才以為棋逢敵手。

「妳終將回歸平靜，那些可能與不可能的在心裡都有個底，波瀾也至淺淺腰際而已，再談不上動心，更遑論是泛起漣漪。」

這些時候是為妳寫了太多，以為與妳棋逢敵手，回頭看不過是我詩句過濃。

69.命運的書籤

而我寫再多也不過是妳的一場風花雪月而已。

隨手抽出書本翻開一頁都在告訴我：

「嘿！妳該停了。」

70.請給我的位置

妳來不及參與我出生，我的確不知道會遇見妳。

但我想邀請妳參加我的葬禮，

回顧我這一生是如何為妳疼痛直至最後又是怎麼因妳死去。

讓我往火裡去，持續高溫燃成白色灰燼。

一把請揮灑於海中央，

一把讓我進駐妳心房。

71.這是我的真心話

　　光陰如斯，如果一切都沒有改變，她也沒有出現，妳是不是還能安然的在我身邊？

　　分開後的那年，我堅持一個人走完與妳所有的回憶，從北到南再從南回到北，像在心裡完成了一場祭典，只有一個人的儀式，用來紀念另一個人。那時回程路上想著，這到底是妳欠我，還是我欠妳？

　　如果是天命，我是不是要應該勇敢的逆天而行，可是天命從來都是不可逆的，所以我避不開她的出現，而她的出現注定讓我們分裂。

　　我們走過風雨卻走不過平凡的流年，是不是世上戀人皆是如此，可以共患難，卻在安樂中無所適從，我們在兩人一碗的陽春麵裡互相打氣安慰，卻在之後富裕的燭光晚餐中怨懟惋嘆。

　　我太過明白無論再經過多少年妳仍舊會是我的羈與絆，就像木馬擺脫不掉旋轉，但我不再深究，我不會讓我的不安再日以繼夜的加深。

　　猶記那晚最後問妳是不是就要走了，周圍彌漫著茫然的氣息，帶著淡淡的絕望與微妙的希冀。

　　妳沒有回頭也沒有語言，窗外的月光照進來，投射在妳的臉上，妳一低頭，淚便滴落在地上，晶瑩的碎開。

　　許多年過去，還是很想問問妳，那滴淚究竟是為妳自己背叛的懺悔還是對我不捨的別離？

　　從此戀人不能，朋友不能，曾經相濡以沫不如相忘於江湖。

　　因妳而生的記憶都像是在身體裡長了時間的枝枒，要再遇到下個人的

時候必須扯斷那些枯老的枝條，偏偏都已經根植在血骨裡，每往前走一步，便血肉模糊，連血帶肉的扯下一塊，都會疼的厲害。

而後閃躲的不是人，是情感。

太貴重的心意不敢碰，太廉價的感情不想要，

之後便淪為別人口中的難搞。

72.做個誠實的人

夢越做越大，都把人活得越來越小
手太小承接不住心裡失序狂亂的躁
帷幕後預演崩壞不意外，沒戀可失
妳只好在沒有她的夢裡一遍遍撒野
等得太累我不想要妳的詩和遠方，
不如略過耳邊故事這些繁瑣章節，
我們塗些蜜糖直接坦誠點床上見。

73.所以做人要堅強一點

　　足夠迷惑妳的也足以摧毀妳，妳最深愛的也會是妳的最致命。

　　所以妳說：「我從來都不會只用同一支香水，不會只迷戀一個香味。」

　　看妳字裡行間盛滿了無所謂

　　我只好把自己再次包裹成繭

　　反正妳從不管我是不是易碎

　　妳這樣多好，多好

　　不用因為愛著誰而

　　眼眶傷心又淌著淚

　　妳這樣很好，很好

　　舉刀不怕傷了誰還

　　心底的鬼能不作祟

74.還不起的深情

如果生死只是必須

那麼我平常心的看待妳也無須訝異

讓我送妳一朵玫瑰吧

我來不及給的祝福

該怎麼親自交付妳

抹去那些傷疤

我多希望有種魔法

忘卻那些苦痛

要怎麼親手還妳幸福

當初妳深愛的那個我

75.我還是不能太幸福

忽然變冷了，那是剛剛才降的溫。

打開窗果然不負期待飄著彎曲細碎小雨，

貓其實好好的，人也好好的，

只是碎碎的，並不意外。

後來的環保議題討論著極地氣候，

本該是溫暖春天裡的小孩，

竟成了冬季裡的死嬰，

不看見誰也不被看見。

冬天有的冷漠妳一樣不缺，

春天的花香再與妳無關聯。

最後還是香菸陪伴。

沒有對錯的話題，

不是對錯的問題，

她沒有錯，妳當然也沒有，

只是太累了，這妳是知道的。

伸手擁抱靈魂才明白始終少了一塊，

不是那麼重要但這事也不小，

少了心的靈，果然皮囊也只是件能穿脫的外衣。

我還是不能太靠近幸福，那會使我自卑到感覺我有罪。

我有罪，只是因為從來都不需要誰，

好像不被誰需要的童年。

我還是不能太擁抱幸福，我不是那樣的小孩，感受不到那種美。

還是這樣降了溫帶著雨水的氛圍才會讓我好過點。

我還是想漂泊在妳之外，當一艘偶爾接近妳一點點的小船。

必要時為妳拋描定點，

或者在妳皺起了眉我便揚起風帆，

啟程離開有妳的海岸。

76.總會遇到鬼

我以前不信邪的，大概是不懂怎麼愛人，
現在也沒有比較懂得愛人卻不得不信邪。
世上會有這麼個人把妳剋得死死的，
讓箭矢正中妳心臟連痛都喊不出聲，
妳便忽然就地成了生死簿上的冤魂。
个要个信邪，夜路走多了總會遇到鬼。

77.給 MICA

我喜歡貓

就只因為貓叫不來

78.因果輪迴

世間公平之處在於它對每樣東西其實都不公平，

給了妳美麗的皮囊就會配給妳殘破的心臟。

那麼我想世界對我是公平的，妳怎麼愛人，終究都會回到自己身上。

愛是一場輪迴，妳怎麼對別人，一定會有一個人用同樣的方法對妳。

而我此刻正在服我的報應。

79.保持緘默

被妳放逐後我失去了遠方

那是一個沒有方向的流浪

在豔陽天裡感覺寒風刺骨

卻再沒有拉緊領口的想望

沒有妳的每一天都很漫長

長到以為我已是白髮蒼蒼

曾經說的要一直走在身旁

原來有沒有誰不過都一樣

妳停留的昨天是我以為的永遠

遠到妳的身影我再也看不見

妳那天一時興起隨口說了永遠

過了八九年的現在我仍懷念

妳多幸福

被誰愛著也愛著誰

能夠不再被過往傷

還能把我輕輕地放

是誰說了念舊

卻愛了誰牽了誰的手

是誰對誰抱歉

卻還佇立原地不肯走

年少輕狂時

妳拿一生賭愛情

甘願奉獻青春要一個結局

有了年歲

妳終於步步為營

面無表情走在歲月裡

從此愛不了誰

靈魂伸手只能擁抱自己

妳再也沒有華麗的外衣

皮肉只夠包裹心臟而已

妳冷眼旁觀人們來去

隨後轉過身拎上行李

保持緘默地走進回憶

80.不肯就死的心

一直都在敲妳的門，
拿著我的心敲呀敲。
妳在嗎，有打算來應門嗎？
我猜想妳是在的，
只是沒打算讓我知道妳在門後扣上了暗鎖。
謝謝妳的沉默是金，
妳點頭回應是禮貌，
妳打打鬧鬧是陪笑，
我明白妳點到就好，
問候多了都算打擾。
謝謝妳慈悲的迂迴，
讓我愛的不算狼狽，
讓我能夠全身而退，
讓我把心都敲碎了，
竟然還想重來一遍。

81.我還不夠渣

誰都曾經很有愛。

妳一定很深情的愛過誰，

為誰錐心刺痛的流過淚，

直至被磨練到沒心沒肺。

在狼心狗肺之前，

我也曾一往情深。

82.將錯就錯了一生

那些天都還沒有亮，妳的眼淚才是閃爍的光。

那些妳對人抱歉的日子太久，

要趕路也是說：「對不起。」

而不是：「不好意思，借過。」

妳語帶音調客氣，她們說妳虛偽了大家的心情，

往後預見的日子不再美麗。

妳只是愛錯了一個人，卻將錯就錯了一整場人生。

妳只是不再那麼執著，但總是要被說著玩世不恭。

妳只是沒有理由墮落，可喜怒早已讓妳拋諸腦後。

妳只是開始平淡的活，不再把情愛當命一樣信奉。

天還沒亮全，妳的淚卻照亮了一片星空。

妳沒期望天亮了就能不痛，妳的三魂七魄還在這座城遊走。

找她曾走過的路，尋她留給妳但不可能會實現的夢。

妳只是不再愛上誰，卻從來都不知道原來妳可以愛一個人愛這麼久。

83.我們都是有禮貌的人

不管心上有沒有人，敲門從來都是基本禮貌。

妳禮貌敲門後，

我也會開門有禮告訴妳：「這裡有人了。」

84.我需要一個扎實的擁抱

她說：「天塌下來我們也不用跑，跟喜歡的人一起擁抱就好。」

這是多美好的一句話。

大抵是因為知道自己永遠都成不了如此樂觀的人所以很喜歡這樣樂觀的人，彷彿與這世界所有的碰撞與擦傷都可以打從心底原諒，彷彿天真與笑容真的可以融化世上所有的難堪與悲傷。

我想起還很小的時候，小小一個人坐在矮凳上仰著一顆腦袋聽長者們安排著去處，她們用最多的金錢衡量我的安身之處、給老師送水果不忘塞紅包、才藝課程一堂接一堂，她們稱為愛。而我要的只是有家人能參與的同樂會以及不再是一個人的園遊會。

她們說給了我最多的愛，其實我想問能不能在那時給我一些愛，好讓我能懂一點何謂愛，讓現在的我知道怎麼愛一個人而不是只有逃避與傷害。

「天塌下來我們也不用跑，跟喜歡的人一起擁抱就好。」這句話一直在耳際縈迴。

我也想成個樂觀的人，但傷感的是自妳離去後我已經想不到還能擁抱誰。

85.妳給了別人妳的美麗

妳可以拍賣愛情

用妳最擅長的矯情

在 A 與 B 之間游移

鮮紅的腳趾也有戲

妳總是善變多疑

昨天今天不一樣的戲

楚楚可憐的表情是妳的招牌之

墮落又頹靡的樣子性感的很致命

我嚐過妳偽裝底下的鮮美乳汁

也試過妳武裝背後的瓊漿玉液

而在剛剛妳告訴了我

就在今夜妳給了別人

妳的美麗

86.獵人的心理

她動態照片上圓長的眼睛像妳，我就接近她了。

她也不囉嗦給了時間地點直接碰面，與這種女人約會通常沒有負擔，要心要情的我反而給不起。

女人很機智，總是不問超過兩句並且言談舉止得宜，進退拿捏剛好，知道我的雷散落遍地，她便等我自己開口說些什麼，聰明的宛若第二個妳。

夜晚過去，該發生的都發生了，女人的味道極好，狂野的白麝香氣奔放在嘴邊久久散不去。

「還見面嗎？」女人坐起，裸著一身潮濕問。

毫無疑問的我讓她進入了我的 Line、我的生活、我的身體，面對聰明的女人誰都沒輒，對吧！

墮落嗎？

我別無選擇，她圓長的眼睛真的好像妳。

我會繼續當個獵人

妳不喜歡聽的我不會讓妳知道

妳想迴避的我不會引爆

我會繼續找尋獵物

直至能面對妳

或妳成為我的目標

87.世界上沒有救贖

我心上所有的失物招領都關於妳，妳來取嗎？

88.我不是個會下廚的人

是該來點什麼佐配此刻心情。

例如傷心就該與菸酒在一起，

或者雨水就不能與憂鬱分離，

例如多愁善感要在深夜發作，

或者難過時一定要搭配失眠。

來點洋蔥才能流淚，

再撒上胡椒打個噴嚏把妳忘記。

拿把刀剖開妳心肺，

進烤箱上下火兩百八十度烘培。

佐些海鹽點綴乾淨的心碎，

拿起刀叉是最後我給妳的笑臉。

山珍海味也比不上妳一桌家常菜。

愛是餐桌上的三菜一湯，是日子裡不可避免的柴米油鹽，愛是拒絕別人的邀請函，是兩個人在餐桌上好好吃完的一頓粗茶淡飯。

只可惜我懂的太晚，

往後剩我自個兒烹煮心傷晚餐。

89.我懂得順其自然

　　最滿意的一個狀態大概就是可以在睡前能和心愛的人恣意地與她道晚安，而不是揪著心等她的晚安。

　　所以為什麼非得一定要把她變成戀人不可？

90.我先走了

　　我抽絲剝繭了我的疑慮，原來最終的心魔不是害怕，而是我要的是愛不是岸。

　　我喜歡妳這個人，但我不要靠岸。

　　並非我貪玩還留戀五光十色的絢爛，我是真的自由慣了，我無法享受因為愛情而來的束縛被綑綁，即使那是甜蜜的束縛，但我享受不了那樣的甜蜜。

　　「沒有一個人能夠讓我義無反顧的去愛，那一定是因為妳不夠愛她」，我想這句話在我身上是不成立的，正因為愛她，所以我不要當她的情人，我會選擇當她的朋友，朋友能走得比情人更長久。

　　我要的是愛不是岸，不用天長地久細水長流的結果。既然我們都知道愛情沒有永遠那就把握當下，華麗的開場，分開時不帶謊言並且把傷害降到最低。

　　若能做到如此實屬已是萬幸。

　　關於這段感情最後什麼也沒能留住。

　　不執著妳，我先走了。

91.我想要妳，在一張眺望無邊沒有岸的床上

讓我在妳懷裡玩會兒吧

嗅著妳脈博的跳動

連呼吸都有催情的效果

讓我在妳懷裡賴個床吧

妳無耐卻又不得不

低聲哄著耍任性的小孩

讓我窩在妳胸前吞噬妳的柔軟

用著被與舌尖輕盈地洶湧纏繞

如鬼魅的唇齒緊貼上滾燙肌膚

而游移的手……

我想要妳，在一張眺望無邊沒有岸的床上。

92.我不是妳要的那道彩虹

揮揮手

可以走的很灑脫並且感覺自由

揮揮手

我抹去淚水目送妳背影轉身走

當時牽手

我們說愛談論所有可能的將來

而後放開

我們已將空空盪盪的心臟讓出位子等待

只剩下人生與命運兩詞句徘徊

過程中的美麗笑容已讓妳一聲再見隨風散

妳的淚滴化成血水在我手裡與我的分不開

一撫摸過去，妳已不在。

在失去玫瑰花之後

睜眼只見海市蜃樓

故事總要帶上遺憾

才能夠叫好又叫座

說得再多

也都是因為我沒有妳要的彩虹

我不是妳要的那道彩虹

所以我們從陌路到末路

好似都這麼的理所當然

而我沒有再多的了

能給的愛全都在妳身上了

93.吾愛已無愛

這裡變冷了，吹來的風不再暖，

是這樣的季節更容易讓人惆悵。

走在偌大街上，想起好遠好遠的人，

究竟是什麼時候妳走在我生命之外。

是那次妳哭了整夜撫不去的心碎？

是某天妳牽起那女孩雙手的悸動？

是午夜趁著酒意正濃而徹夜不歸？

穿梭在呼嘯的冷風車陣裡想著年就將要近了，

但沒有妳，什麼是家？

熟悉的冬天來了

妳若感覺寒冷

記得加件外套

如那些年裡

我日復日地為妳添的衣

吾愛已無愛，

走出妳的生命，回頭我已無法穩穩地牽著誰了。

94.總要有個結果才能符合傷心

若妳們相愛，就會願意在她面前扮天真無邪，願意被掌控。

不是很難走的路也要牽手，不是很冷的時節也要把手塞進她口袋。

妳願意變成一個年幼不懂世俗的孩子，即便妳已經是個世故的人。

在那個很冷的夜她打電話來，用幾乎哽咽的聲音說：「我有女兒了今天滿月，鼻子嘴巴像我，但我總覺得眼睛像妳多一點，不知道是不是懷孕時常看妳照片的緣故，我女兒……我有女兒了……」

我就覺得那個嘻笑著用她的美麗動盪了我 整個年華的這女人真的有了歸屬且越發的完整並豐盈了生命，如今更是有擔當的挑起了當母親的責任，我總想像身為母親的她是否更美更性感。

曾經在我懷裡撒嬌扮演天真無邪的女人，轉眼已然是個孕育生命的母親了。

如果愛真的是一個妳進我退的距離，到底我退到這一步了，能不能成一個圓滿？

能不能是一個在任何情況下只要有關她的好，我就能認同並且也跟著堅強守望？

如果非得要經過人生的荒涼才能抵達內心的繁華，那我還要沉寂多久才能柳暗花明又一村？

知道自己不適合豔陽高照，只好不得已的讓這場黑色雷暴風雪下進心裡。

在大家大肆慶祝而我全然無聲的這年末裡。

95.幻想

愛是一架紙飛機

少了一道摺痕就不能飛

多了一道摺痕就會墜毀

我的愛是紙飛機

載著妳卻不能承載妳的夢想

也撐不起妳想要的遼闊天空

只好蹂躪在手裡從此再也不起飛

96.妳不小心路過的一場風花雪月而已

　　我們用最墮落的態度造愛，用最原始的方式表達愛，也無比暴力的摧毀愛。

　　有妳在的深夜床邊，這樣激烈的搖擺律動該怎麼停？

　　吻我！

　　用妳濕潤舌尖探索我的秘密撞擊我的渴望，加重或淺薄施力，微張的紅粉雙唇在耳畔喘息，溫潤唇皮掃過頸邊，潮濕了一片神秘森林，褪去道德外衣我們嘲笑倫理。

　　吻我！

　　妳可以毫不客氣對我下命令，妳知道在這時刻我只能臣服於妳，以嬌媚眼神請求、以滾燙肌膚貼近，樂意活在妳的吞噬裡，在妳身下承接妳的狂暴歡愉。

　　吻我！

　　那一刻伸手扯住妳長髮，我問：「天堂，妳跟我去？」

　　高低不平的律動如妳吞吐頑皮小舌，眼皮底下妳的輪廓已隨著高潮逐漸散去霧去。

　　難耐的騷動不安終於併著一次次深呼吸緩平。

　　腫脹蓓蕾是秘密印記，發痠腰椎是激情證據。

　　妳像個手握匕首的盜賊訕笑說：「被點燃的慾望必須依靠行動澆熄，否則會延燒成一片星火燎原。」

　　「我以為是氾濫海洋！」我說。

吻我，妳不要遲疑。

妳知道，

妳打算如何蹂躪我，

但並不打算要愛我，

都可以。

吻我，妳不必擔心。

我知道，

我不過是妳用了些心思逢場作的戲，

妳不小心路過的一場風花雪月而已。

97.我從來都不相信愛

今天人是沉悶的，字也活潑不起來了，想尋開心的煩請略過這一章節。

我沉迷在妳給我的心跳節拍裡，我想試試在沒有妳給我這些悸動日子，我是否仍然迷戀妳。

雖然今日局面早已在預料之中卻仍難掩失落，而我也已經做好隨時會失去妳的心理準備了。

一如往常的寫都從未有過的真實，像是藉此對妳自我告白，那些握著話筒還不敢說的話此刻全都交付文字替我訴盡，除此之外我已別無他法了。

我的願望很小，寬容很大。

從來都只想好好的愛一個人然後有限度的寬容她，卻從來沒辦法因為愛一個人而捨棄自我，也沒遇過能夠愛著又同時保留自我，於是有意識以來都是愛自己比較多，但這次我想選擇愛妳，也不想我們只是扮家家酒而已。

而我怕的是，

愛情就是我給了妳一把刀，

妳就有兩個選擇，

殺我或者保護我。

縱然我相信妳無害，但我不信愛的本質無害。

98.最真心的最難堪

《檻，之一》

我必須殺死自己對妳的奢望，才能對「我們」重燃希望，妳明白嗎？如果我只是要妳，那其實很簡單，我只需要設一個讓妳心甘情願的自投羅網，再讓妳午夜床畔臣服，可是我們沒有然後。

我想要與妳在每天結束後都還有然後。

我每個深夜糾結於此，知道這解不開是結，解開了是疤。

妳應該知道我疼惜妳所以敬重妳，我不願意妳也成為那些廉價的待售商品一樣被標示價格然後在架上被排列整齊等待出售，我不想人們討論妳如討論一件商品，而且搭配折扣而且被挑選。

我清空了我心上所有只為了給妳更空曠的居住環境，可是我不知道要多大的地方妳才不感覺擁擠，因此我拿捏不準我能藏有多少秘密，我能保有幾分自己。

對妳，我已經沒有籌碼了，其實打從一開始也沒有想要和妳有個輸贏，但我後來知道了我的原則不過是用來給妳打破的玻璃瓶，底線是給妳踩好玩的遊戲。

此刻如果靠近妳，那不如感覺妳。

我想心與心的貼近再談一些更現實的問題，例如我想先知道妳習慣吃什麼樣式的早餐，再帶妳去吃，而不是直接帶妳去吃我想吃的早餐，可是妳並不喜歡。

我相信喜歡一個人是給對方需要的東西，而不是一昧的給予自己想給的。

　　雖然我不過午不起床，但我還是想帶妳吃早餐。

99.一個十年都在寫妳

我夢見妳。

好幾個熟悉的場面卻總是混亂。

愛情的面貌沒有美麗，總是太過血淋淋的真實，就連對話都讓人感覺遊戲。

夢裡妳看著我，我問妳：「我們怎麼會相愛？」

妳低頭啜泣起來輕聲說：「妳真的忘記了，妳跟我說如果離開後過奈河橋會跟孟婆多要一碗孟婆湯，一碗要把我徹底忘記，第二碗要忘記愛我的堅定。今世這樣的愛過，來生不要再相遇了。」

我俯在妳胸前，任由妳的呼吸節奏起伏把我抬起又放下，聽見妳的心跳再聽妳述說相愛的美好。

清楚是夢，我不願意醒來。

爾後又是全然的安靜，妳摸摸我的臉說要走了，而這次妳沒有打算帶上我。

夢境反映了現實中的不安，原來還是有著害怕存在。

近日的夢境總是如此零星飄散，一如白日的人也總是行屍走肉般的遊魂。

聽著冷風切進窗的呼嘯聲。

風吹散了吐出的煙圈，在凌晨四點五十四分的這刻，想起妳然後心底怨妳。

明白在這種脆弱時候很需要妳的擁抱。

只是妳從來都很遙遠，相愛了之後也是。

誰想得到還能多長情，一個十年都在寫妳。

100.反之，妳便贏了

很用力的去喜歡或討厭

其實都很費力

於是我們只好不停裝飾

把冷漠套用在表面

把感情放在心裡面

101.我還活在有妳的昨天

時間只是讓

深刻的更深

淺薄的更淺

直到妳埋進血骨在心裡紮根

才懂妳是我無法抽離的靈魂

學不會對妳淡定

只好在想念妳時為妳寫下或長或短的詩篇

飛舞的字跡模糊也清晰了妳最後簡短告別

片段記憶裡妳說：

「那就這樣了吧，我們都無能為力。」

「妳好好去愛誰，不要是我都可以。」

「妳看沿路風景，我不介意誰代替。」

如果只是寫思念，或許會好一點，

可是寫著妳，是有緣無分的殘念，

一種極限，我還活在有妳的昨天。

102.始於文字，死於文字

我的開始與結束都一樣，

始於文字，

死於文字。

見到了南法的薰衣草，

也搭訕過巴黎的時尚，

還有過幾個激情熱吻，

爬上了幾張陌生的床，

卻沒能遇見心安的人。

這個五年，

走過吵鬧的寂寥也去過荒野的喧囂。

而其實一個人是不會害怕的，

怕的是心裡沒有人，也不在誰心上。

103.稱之命運

妳宣誓我的歸屬

雖是不完全的長成

但妳一聲令下

我便總會自然送上我的心肺

那階段魔想把我靈魂掠走

奪得一部分爾後丟棄荒野

是妳一片片拾回

在記憶裡那叫毀壞的時期

我始終沒有忘也不能忘記

只是我明白那牽著我的線其實沒有斷過

它只須要輕輕一拉

我就會低頭跟著走

104.老派約會的必要

老派約會的必要。

我們用一天時間來進行場老派約會吧，如果非得要有個約會模式的話。

先吃個文青早午餐，下午再去看場畫風文縐縐充滿詩意的電影，妳餵我爆米花、我遞可樂給妳，看完電影再坐下來喝杯貴得離譜的咖啡交換彼此電影觀後心得，再找間戀愛氣氛濃厚的餐館吃曖昧晚飯，結束後沿著河濱公園漫步河岸。

經過一天的相處，在月光的見證下便能知道妳與她是不是來電。

尤其月光把對方灑得朦朧，感性上升時理智就容易斷線。

「喜歡就喜歡啊，還要這些程序？」她聽完後這麼問我。

「一見鐘情或許很容易，但相處才是學問。我常常一見如故再見陌路，所以還是希望愛情能這樣開始。」我回答。

「所以妳應該會害怕轟轟烈烈飛蛾撲火的去愛一個人？」她又問。

「到這年紀了還能怎麼轟烈？在床上激烈點骨頭都要散了，細水長流慢慢來就好。」我說。

「但其實這太難了。」我邊說邊感嘆著希望與現實總是存在落差。

「怎麼會，老派約會的主意很好啊，對妳來說。」她驚訝的問。

「我不過午很難起床啊！」我悻悻然說。

所以終究只是希望嘛，自己都做不到有什麼資格要求人家配合妳？！

但老派約會的確是必要的。我堅持！（握拳

105.其實都過不去

「翻完妳所有動態之後，我沒有太大的嫉妒或悲傷，我只有消沉了，我消沉於那樣的深情，妳從未給過我，即使我們的關係昭然若揭。

或許我從來就未曾住進過妳眼睛裡，所以才能把妳背影看的這麼清晰，我以為兩情遣綣間能消弭硝煙，我多少的以為終究如這些年來為妳寫下的戀戀字跡最後都被撕裂成片片紙屑，是如此恰巧符合妳的卓犖不羈，更是我最害怕的斷簡殘篇，原來這些年沒有醒的人，是我。

認清這樣的事實之後，我繼續回到妳給的沉默裡，在安靜的繭裡咆哮，名副其實的作繭自縛。

這些說不出口的話，一字一句悄悄幻化為流沙，堆積在心口不知不覺已聚集成塔。

親自走在消沉裡才明白說著「會過去的」，其實都過不去，無論給了我多久的時間都一樣。

這些我隱藏不了的喜歡，都被妳噓寒問暖禮貌性的帶過，我只是妳的將就，我消沉於這樣的將就而且離不開。」

妳說。

106.我只是妳的想要，不是妳的需要

我遇到一個與我很相似的人，對情感無法太熱絡，對人無法太熱情。

兩個生性薄涼的人心照不宣的碰在一起，不必寒暄問候，即便相擁熱吻過後，也可以毫不留戀的扔下一句再見就走。

在生活上妳有妳的煩，我有我的難，不過多糾纏是彼此之間一種難得可貴的默契。

我不知道旁人怎麼看待我們或要如何稱謂我們，無法完全定義情侶卻又做盡了所有親密，我以為我們的關係能這麼簡單的持續，直到那天妳在電話裡用著我從沒聽過的開心語氣說著：「我遇到讓我心安的女人了，我要這個人！」

我才明白我只是妳的心動，不是妳的心安，

我終究只是妳的想要，不是妳的需要，

而我總是忽略了它們的不同。

後來也替妳感到開心，在這時代能遇到心動很容易，遇到心安才叫愛情，那麼我想妳是真的遇到愛情了。

藉此證明了我不是妳的愛情。

107.忘了妳不在

我常常在下雨的天裡忘了帶傘或即使帶了傘卻忘了把傘打開，淋濕了一身的狼狽躲在騎樓，路人總疑惑的盯著我手上的傘。

我常常在麥當勞櫃檯前點了雙份套餐，回過神已經尷尬拿著托盤，只好打包一份當宵夜再一個人坐在擁擠的位置裡吃完一個人晚餐。

我常常對著店員說：「一杯美式不加糖不加奶。」店員說：「小姐，美式沒有糖沒有奶。」我說：「對呀，不要糖、不要奶。」我哪裡錯了呢？

我常常遛狗遛到一半，回頭想對妳說：「妳看那邊有一隻小柴～」

然後路人見我就像看到精神錯亂者，紛紛走遠。

我常常把生活過的很混亂，學不會二十四小時制的日子該怎麼分。

在妳走後，我一切變得很混亂，一個人沒有東南西北，一個人好像也不需要東南西北。

我亂中有序的活著，雖然時常在生活中出錯卻也算沒有虧待自己的該吃就吃，該喝就喝。

日子混亂久了也就習以為常，以至於認識的人常常都會對著我問：「我實在很納悶妳到底怎麼活到現在的？」

我想或許身處混亂的人都是被身邊的人深愛著縱容著才能好好活著的吧。

唯獨就妳不愛我了！

108.妳是我唯一不會說的謊

　　打開眼，對妳全是慾望，但看著妳眼中的熱烈不是為我，妳眼裡的那些炙熱都有著別人的名字，動人的故事。

　　我在每一次的交往裡沒有真正明白的愛上誰，那些代替妳的靈魂都有著與妳某些相似的部份，我甚至因著那人有妳相近的眉眼，我便忍不住接近了她，因而活生生忽略了另外那不相似的百分之九十九，倘若追逐了一百個不同個妳，是否能完成一個妳？

　　我愛了妳很久，久到我已經忘了當初愛妳的理由，當妳再走進我視線裡，是牽著她人的手。

　　於是我開始學會在不同的體溫裡交換著溫暖，

　　在不一樣的床褥上留下不盡相同的甜言蜜語，

　　習慣高潮時心裡默念妳美麗但不屬於我的名，

　　很多人說這是墮落這是放蕩，

　　沒有人知道我愛妳很久很久，

　　也沒有人知道妳是我唯一不會說的謊。

　　一直不寫妳，是不想讓別人也讀妳，

　　愛一個人大多都是自私的，我也是。

　　但現在我該釋放妳，

　　就在下週妳將交付別人妳的永遠，

　　那麼墮落至此，我對自己的辜負也算是有個交代了。

　　親愛的，對妳而言，

妳那些一閃而過的不是愛情，

是我的真心誠意，

是我那些不被妳欣賞的專情。

是被我定格放大了一生的墮落與傷心。

109.我還在治癒我的童年

「在這裡等我來接妳。」妳彎下身拿手順著我的頭頂撫向髮尾這麼對我說。

我仰頭看著妳輕輕點頭說：「好。」

我猜想妳是不會來接我了，關於那二十五年的等待其實也不算太傷感。

我不會一邊恨一邊愛，那實在既拉扯又變態，為了身心靈的完整，我讓自己保持著「將愛」狀態。

這在國小二年級時我便意識到了，我必須討妳喜歡。

我必須討妳喜歡

所以面具不停換

在旋轉木馬上戴上笑彎的眼

在長輩稱讚中換上害羞的臉

在妳看向我時裝微上揚的嘴

直到妳終於死去這天

我也終於知道我是誰

不如就別再談起不開心的事了，往事風吹就散、皮肉傷會好、記憶會老，誰還真的在意這顆半死不活的心。

但我還記得妳手掌落下的溫度，以至於以後誰這麼摸我的頭了，我都忍不住想掉淚。

110.婊子無心

妳終究成了個小丑

在舞台上哭了

人們還為妳拍手

妳畫上裂至耳邊的誇張紅唇

緊閉著眼描繪一個星星點綴

幕簾拉開妳故意跌得滑稽

幕簾低垂妳卻佇足在階梯

台下觀眾笑得開心

街道路人在嘲諷妳

人們不願看清顏料底下妳的表情

當了一生戲子

才在最後明白

演得從來都是妳自己

戲子無情

婊子無心

我全都不要了

111.濃厚的紅塵心事

掛上公休的牌

關掉應召的站

熄滅七彩的燈

今晚妳的心能不能在我床邊靠岸

就這麼一晚

做妳的女人

當我的女人

知道我們沒有明天

更應該要好好溫存

點了事後菸

吞吐替代再見

清楚沒有再見

高潮即是永遠

我記得妳在我身上閉眼的瞬間

也記得妳在我身下承接的皺眉

不忘一邊吻去妳眼角冒出的淚

還要一邊船過水無痕與妳離別

大抵是太明白妳的停靠不過是個過站，

我成不了妳的港灣，

只能是妳其中一站，

於是拼了命也要給妳溫暖，

送妳啟航也要親手為妳揚起風帆。

112.我沒有挽回妳

妳說著好累的同時也把自己從這世界抽離，用決裂且迅雷不及掩耳地速度自我毀滅，讓人沒有任何挽回的餘地。

眼睜睜見妳轟然倒地，我伸出的手來不及拉住，猛然擁進懷的僅剩妳的香氣。

妳手臂抱膝，成了個嬰孩的姿勢落下，臉上帶著淺淺地笑，順勢窩進了母親懷裡，這片土壤孕育了妳的生，妳卻用上自己的死重返大地。

妳在這塊土地下永恆睡去。

妳的腐爛滋養了土壤裡的種子，枝芽穿過妳的身體長成大朵大朵的花苞佇立，終於成了一片似金子滿目耀眼的黃金海岸。

妳越虛弱，嫩芽越是尖銳強韌。

花開的那個清晨，我們都到了，熟識的或根本陌生的，妳想知道的或不想知道的。

該要向陽的向日葵始終不曾向陽，我知道那是妳的所在。

妳沒有石碑，卻能讀懂妳的墓誌銘。

妳成一片花海，不設立邊界，與西下夕陽合成一體。

妳是一片花海，每一朵花兒都是妳的名。

妳獨留這片花海讓人們想念，而妳只願意深埋在土壤裡。

妳有一地的花朵陪伴。

我遙望花兒思念著妳。

花開花落終有時，可我該到哪一世尋妳？

113.在劫難逃

「我知道命中有她這一劫，但我還是想走一遍。」

寫下與妳的這段話後，

我知道這大概是我這輩子最深情的時候了。

不是沒這樣愛過誰，只是不敢再這樣去愛人。

那感覺像結了一次婚，卻在柴米油鹽中離了。

而後身邊換了很多人，卻沒有一個人能感覺安全，流連忘返過很多張床，迷戀過幾雙會說話的眼，每個迎面而來的人都是妳，也都不是妳，

如果專一是現代感情裡的標準配備，那我還需要為愛情設立什麼底線？

「很難說妳不會後悔，要是後悔了呢？」朋友在電話裡這麼問著。

「我知道命中有她這一劫，但我還是想走一遍。」我淡淡的說。

我從來都不是個浪漫的人，但寫著妳，或許是我做過最浪漫的事了。

最怕的是提筆，筆下一斟酌，什麼大道理都有伏筆，什麼也都成了格子裡的東西。

——三毛《夢裡花落知多少》

114.寶貝別哭

寶貝別哭，妳清秀的臉蛋上不可以有淚。

妳記得嗎，初見妳如小鹿般的眼眸，那樣晶瑩剔透的無邪裡不該盛滿傷悲，一如妳的乖巧總能鬆懈我所有防備。

我們相遇在春天的暖陽裡，沒有夜晚五光十色的霓虹照映，妳在陽光下顯得潔白乾淨，與那些濃妝豔抹的女人相比，妳的笑容有薄荷的沁涼甜蜜。

天真是妳武裝的翅膀，在床畔卻能反方向帶我上天堂。

我們糾纏在夏夜的徐徐晚風裡，在拉扯糾結的性愛暴力相待，所有激烈晃動與舔舐都要刻了骨般烙印夜晚，妳瞳裡的折射為黑白的夢境增添色彩，妳事後呢喃的細語都是我耳邊最美的情話。

之後兩次的秋天與冬季都算完美，我手邊還沒能為妳寫下，當初約定的好聚好散呢？我們是否應該拿出來給別離穿。

寶貝別哭，

我記得妳那些輕巧細膩與安靜可愛，即便在今年的立秋後妳清澈如小鹿的眼神已不復存在……。

寶貝別哭，

妳明知道不應該有愛，不該有愛之後還對我們多了期待。

不該有了期待有了愛還想予取予求將來。

寶貝別哭，

妳也明知道我不想給的，就不該來討。

115.Miss U

　　稍早寫字的時候，才發現要好好寫正一個名字不是一件易事，歪七扭八的橫豎怎麼看都像個中學生的字體，明明妳的名字還帶點詩意，在我筆尖都成為貨車輪下的犧牲品，慘不忍睹不堪入目的那種慘慘兮兮……。

　　我只有一隻幼稚的鉛筆

　　缺乏日積月累的練習

　　沒有千錘百鍊的造詣

　　怎麼也寫不出華麗字跡

　　但我想用妳的名字學著造樣造句

　　妳抿過的唇語

　　還有香奈兒的香氣

　　烙在十月微涼時分裡有五月戀愛氣息

　　妳親筆，輕筆

　　沒有寫的詩句

　　我卻在妳落款的名字一筆一劃裡

　　找到了愛的意義

116.把誰逼成魔鬼

　　與那個女孩告別之後，她的心底開始不斷地長出一根根既扎實茂密又帶鋸齒狀的刺。

　　遇上有人靠近對她說愛的時候，她總是惶恐的拔下一根向靠近的人有模有樣得揮舞著，接近的人會因此遍體麟傷，她的心臟也因為拔出了這些刺而始終鮮血流淌。

　　那個晚上她跟我說：「我知道往後一路上的風景都會這樣子了，但我沒有哭了。」

　　她的感情知覺神經在這天後從此死亡……。

　　每個壞女人都曾經是個好女人，都曾經好好愛過一個人。
　　我認識的每個人都說她浪，卻沒有人看見過她背後的傷。

117.言不由衷的謊

噓，妳先別說，讓我猜想妳的回來。

帶著初衷也帶著傷，

帶點歡喜但沒有光，

帶著疤痕些許幻想。

佐點心酸卻不加糖，

攪拌過往換過對象，

流連霓虹忘返女香。

我仍因妳寫得狂野，

破掉的誓言，

滿嘴尖銳，

扎滿心肺。

遷怒筆，遷怒紙，

遷怒整個雨季壞了好事。

而我再也寫不出比例精準的詩。

天堂沒有我們的房，

地獄沒有能躺的床，

妳停留在一扇沒有風景的窗，

開始對我述說妳想帶我去的遠方，

後來才知曉遠方只是個想像，

妳的嘴在今日終於烘烤成熟，

開始說起在愛情裡總有言不由衷的謊。

118.用力蹂躪用力愛

　　她想起了那個巷口，是一間 Bar 後門的防火巷。第一次吻上她唇角的那幽暗小巷，在夜空星光閃閃的照耀下手指爬上她纖細又帶敏感的鎖骨，最後也是在那條巷口別離，在交換完彼此唾液連綿高潮退去之後。

　　她嘴裡帶著酸澀的青草味像三月卻不太溫暖，可這已足夠餵養她乾涸太久的唇紋，伸出食指舔拭她留下的味道，隨即把那滋味詭異卻繽紛的黏稠液體當香奈兒唇膏往唇邊抹去。

　　還有破爛的廉價旅館，第一次要了她的那張床，聲音伴著搖晃而響亮，彷彿攀到高潮也要隨之崩塌。

　　搖擺的動作進行得緩慢又神聖，每一下的激情都不能控制自己音量的呼喊。

　　「別想飛，我會拆了妳的翅膀。」她在全身顫抖時攀住我的後腦用著歡愉卻略低音頻這麼警告。

　　我們必須要一起，

　　一起做愛一起死，

　　一起崩盤一起生。

　　我們只能如此弄壞彼此，

　　用力蹂躪，

　　用力愛。

119.宿命

妳的溫柔應該沒上限

才會有這麼多人追隨

我偏不愛妳溫柔那面

好讓妳能感覺我特別

或者被妳越來越討厭

120.還是喜歡妳，只是多了個不可以

妳還沒給我什麼，我就已經想到了最後。

年輕時的情感，總覺得要不是戀人就是路人，感覺很絕對，愛最好濃烈，從不選擇白開水。

不知道為什麼到了這年紀，遇到真正喜歡的人反而會繞路而行。

還是很喜歡妳，只是多了個不可以。

晴天娃娃讓妳所在的城市維持著好天氣，

而我的晴天娃娃始終沒有放晴。

妳說

妳不愛種花

因為害怕看見花一片片的凋落

所以

為了避免一切的結束

妳拒絕了所有的開始

——顧城《避免》

121.日子的敘事

05/05

活得太過理性，以至於再沒有被感動過。
太習慣她們前來說了愛然後離開，
也適應她們鬆開了手說沒有未來，
太明白半途夭折的愛像人生無法被安排，
也適應不能愛上的就應該懂得巧妙避開。

05/17

她踩碎妳僅剩無存的自尊，還說妳太賤。
在心口補上密密麻麻針線，她撕開又拆。
「不愛的人最大。」妳無力反駁這句話。

02/22

用餘生寫一首情詩
字句反覆不過妳的名字
把生活譜一段曲子
符號來去都是妳的樣子
把日常活成妳的習慣
假想重疊妳的生命軌跡

05/16

當我對妳說著忠誠兩字的同時

我已經在別人的床上背叛妳了

07/21

檯面上的和平

妳總能做得風生水起

與妳檯面下的樣子

形成強烈對比

嘴邊說說笑笑的應對其實心裡還介意

夜裡靠著七分醉才願意誠實正視結局

妳愛的那個人對妳還沒有愛也沒有心

10/10

時常想起妳但原諒我很少的問候。

　　沿著記憶推進的流水帳都應該被好好的紀錄著，妳千萬記得，要再遇到這樣的一個人，就帶著一起下地獄！

122.逆來順受

妳的八月其實沒有不一樣，

那麼九月應該也不遑多讓。

滿坑滿谷的愛都成了債，

竟敢奢望用著離開去還。

歲月沒有還給妳的，

妳也沒去討，

是被辜負的那麼理直氣壯，

也是那麼值得好好的讓自己傷心一場。

心底有座隱匿的城

城裡堆放無名的墳

夢想座落在無名指上柔軟的碑

願望站立於已然腐蝕敗壞的階

所有的一切都停在她喊停的那個時間點

為什麼死亡才是永恆，

而愛不能？

又為什麼妳停止了，

我們的故事才開始？

123.可惜妳並沒有這樣問我

對我而言最美好最珍貴的愛情，不是初戀那個人、不是哭得最撕心裂肺的那次、不是挖心掏肺百般討好的暗戀，而是兩個都在這險惡污泥的人世上爬滾過也犯錯過，挨過痛也受過騙後，用已不再潔白的骯髒雙手捧出來的那顆真心最美麗。

如果妳打算問我的話。

124.她只是不喜歡妳

　　看過她喜歡一個人的樣子，妳才發現她也不是真的高冷，她只是不愛妳所以無法對妳熱情。正因為看過她喜歡一個人的樣子，妳知道妳無法讓她的眼神散發出光和熱。

　　她只是禮貌所以對妳處處客氣，妳早該知道的，她的客氣都是為了與妳保持距離，與愛還太遠，與愛沒有關係。

　　妳現在知道了，她性格不是真的冷漠，是因為沒那麼喜歡妳，她無需熱切討好妳。

　　她不是生性內向、性格害羞，她只是沒有這麼多話能對妳說。

　　妳在別人的故事裡感動，在真空的世界裡做著不屬於妳的夢。

125.妳今天好嗎

這麼晚了想念妳的話不該說

有些事不要犯賤越矩想去做

我們最好簡單話家常

太道德的規矩不要嚐

想要妳的事每天都在想

卻一再警告自己來日方長

想過妳長髮掃過肩渦的窟窿

懷疑過妳文字裡到底幾分真假

想過妳笑起來魅惑的嘴角盪漾

猜測妳言語裡是否藏有虛假

我一向拿捏得當

進退得宜讓妳沒得反抗

黑夜掩飾我那些真心話

只剩一句迴盪

妳今天好嗎

妳說這是不是自作孽不可活？

那要不要跟著我矇上眼，

一起來白色床單裡摸索⋯⋯。

126.聽話的妳

「有什麼讓妳印象最深刻的事情嗎？」好友想讓我開心點，問我關於牠的事，好友可能以為我只能想起牠的調皮。

「有呀，牠不聽指令的兩次。」我說。

一次是我住了院，整整七天沒見到面，再見面時想要牠有紀律，所以對牠喊了：「坐下！」，但牠完全坐不住，朝著我猛撲來，這是牠第一次不聽指令失控。

再一次也是最後一次，牠已經癌末，腫瘤侵犯牠全身，知道牠每一刻都在疼痛、呼吸也難受，那個晚上與獸醫師商討後我不得不送牠走，但牠仍堅持勉為其難的站著看獸醫師為牠注射，我怕牠太累，耳邊輕聲告訴牠：「趴下吧，別再撐了，好孩子跟著菩薩走……。」

牠沒有聽指令，而是三十幾公斤的大狗直直「碰！」的一聲倒下。

牠終於停止了牠的艱難，牠從小到大都是個乖小孩，從沒有不聽話過……，我喊一下搖了尾巴就來，在牠面前放著最愛吃的牛肉，我沒喊開動牠絕對不碰，妳能想這是多乖多聽話的小孩啊！

後來樹葬了，帶上牠咬著就不放的球、冬天毯子、夏天水碗，我自個兒留牠每年換下的項圈、狂犬病狗牌，妳說還有沒有辦法再養一隻這麼疼愛啊？想到牠不在了，只留給我這幾個狗牌，這根本在我心尖上挖肉了！

沒有我喊開動，牠會不會不吃飯？

有沒有喝水、有沒有好好的睡？

找不著我，牠是不是乖乖跟著菩薩走了？

我有說了：「不要惦記留戀我，你的主人是菩薩了，要聽菩薩的話……。」

　　不知道是不是又咽嗚的想我，咽嗚的在哭了……

127.寫在荷蘭

而後我走到哪裡都忘不了那一晚的頹靡。

該正面思考時我總想著那間不起眼的小酒館裡讓我思想墮落的吧台位置，還有妳。

捲菸草、啤酒、牆上螢幕足球賽事轉播、女人與女人、男人與男人、旋轉椅上擁吻的人們、暗巷裡嬌媚連連的喘息聲。

「幾歐？」我看著酒保遞到眼前的菸管問。

「不，今晚不需要歐元，妳只需要高潮。」他語氣輕柔地說。

我心想：「靠腰啊，不用錢就不用錢，有必要說話語氣像在調情，荷蘭人都這樣？」

後來才知道荷蘭人不全如此，但大麻抽下去的確都是這個樣。

在阿姆斯特丹三步一間大麻館的每一天我根本不需要陽光，我在夜裡恣意狂妄、在昏暗燈火裡幻想，也在每一根菸草裡把妳徹底遺忘。

沒有妳在腦裡的時候，我真的好輕鬆，只要一管水菸妳的身影便消失得沒有聲響，多好，忘記了愛妳這件事竟是如此美好。

沒有焦慮等待，不用猜妳身邊又換了哪個伴，不再想會是男是女。

也忘了妳最後一次說：「我要過上正常的生活，妳知道什麼叫正常的生活嗎？結婚要光明正大不是偷偷摸摸！」

妳還說：「妳沒有壓力但是我有，我得結婚給交代，我家裡只有我！」

我想我是懂得，懂妳的為難也明白妳要的正常，妳沒向我要的而我也

沒能力給的家，只因為如此，我們的愛到底還是半路夭折。

「太想要一個家了嗎？所以那個家裡面有沒有我是不是我都沒關係了嗎？」我問妳。

「跟一個男人過上所謂正常的生活會簡單多了。」妳對我抱歉流著淚說。

今晚不需要歐元，但一管大麻煙便可以買斷妳六年來所有說過的絕情。

高潮迭起的夜晚輾轉得知妳喜獲雙生兒的消息，我終於在吧檯前忍不完嗆泣。

真好，妳終於完整了妳的人生。

我也終於能展開無邊境的盡情流浪。

用回憶交換的菸酒都特別昂貴，

一個人攪拌悲傷細嚼慢嚥從前。

128.我再愛也不能為難妳

　　我想是因為年紀漸長的關係，後來再喜歡誰也不一定要擁有她，只是跟在她身後踩著她被街燈拉長的身影靜靜地陪她走上一段路，這樣或許也就夠了。

　　我喜歡妳，妳可能是知道的，妳的心有所屬不是我，我也是知道的。

　　為此，即便我是個多用情專一的人也無法讓妳幸福。

　　可是妳想哭的時候只要撥通我的電話，我就會在。妳被生活壓榨的疲累不堪的時候，我能聽妳傾訴。只是妳的愛情與我無關，我愛妳也是我自己的事情而已。

　　我能做的就是渡妳到彼岸，讓妳放心的去愛誰，這樣我才不會有遺憾。

　　我能做的就是陪著妳走上一段，看妳為他人欣喜不已的眼波，我才能轉身乾脆。

　　不是不愛妳，我再愛也不能為難妳。

　　妳大步向前去沒關係，妳回頭了我還在這裡。

　　而我總是在沒有妳的愛情喜劇篇章裡，尋妳。

　　上天會給妳這麼一個人，像把兇猛大火讓妳愛著但終究不能靠近。

　　愛會讓妳快樂也會讓‧妳‧死。

　　捨不得妳難過，如果是為我那麼我會更自責。

　　妳去愛吧，我都會在。

我能做到最大的寬容就是看著妳去愛誰，即便妳的愛情終究與我無關。

129.靠著聊天軟體支撐的愛

再狠狠消費我一次，用妳最擅長的凌遲方式。

讓我感覺之於妳，我還能有點價值。

或說些加油添醋的詞，使出妳熟悉慣用的字。

讓情書變得廉價，情意真的開始薄如紙。

感嘆沒有溫度的手機

是我好幾倍的重量

妳在與我 Line 的視窗咯咯發笑

我就坐在妳對面

妳究竟知不知道

賴聊？賴妳媽啦！

我只想要一個擁抱。

130.破曉之後

曾經妳很想很想和她終老的那個人呢，妳是否曾在失眠的夜裡想起她好不好？

一句對不起，背叛了多少句我愛妳。

妳拿來箱子把她和妳的曾經一併蓋棺論定，隨之流放在那段回憶裡，妳不想再記憶，但每每想到仍是揪了心似地發疼。

妳沒有給自己時間痊癒，也沒有一個出院日期，妳知道自己病了，可妳卻不願意好，於是妳說：「再愛一個人太累，順其自然吧！」

可是妳又怎麼會不知道能順其自然的從來都不是感情。

那些年妳實在太難受了，該哭的也已經哭太久了，沒有人再願意安慰妳，妳是隻充滿怨懟的刺蝟，靠近了誰傷了誰。

妳如此了一些時日，明白無論現實多麼殘酷，天一亮妳還是得踩上高跟鞋工作去。

妳走在日子裡，與思念一起。

妳以為度日如年，但年月的腳步比妳認為的還快上許多。

在第五年的歲末過去時，妳終於明白，對一個無愛的人用情，等一個無心的人回來，實在愚蠢至極。

只是妳仍然放心底，不論愛或不愛她，妳終究把她放在心上一角，埋藏得很好。

妳走在日子裡一同前進，卻不讓日子參與妳的過去。

等待日子走得夠遠也夠久了，某日一瞬間想起這個妳曾很想和她一起

終老的人，妳心間酸了但不再哭泣，妳更懂了愛，愛不是只有非要和她在一起的唯一形式，妳也更靠近愛，記得愛的本質、不忘當時在一起的初衷。

妳在愛與疼痛裡成長，而不論時間長短，那段難熬得日子妳終於走過了。

直到忽然聽見她的消息，只是聽著卻不參與，只是看著但不再為她傷心，妳知道那道深至見骨的傷口已經痊癒，妳終於肯辦理出院手續。

分手後的戀人們有些仍是朋友，有些是敵對，但當時間像撞擊在石岸上的流沙一般地流逝去時，妳知道這一切都將會雲淡風輕。

是的，已不討厭妳也不再愛妳，所有深深的傷要輕輕地放，所有重重難關都要緩慢而小心地進行。

妳終究好全了，雖然時間久了些，妳終於在今日中午出院。

131.敏感都是罪

在那段刻意不寫字的日子裡

我沒有得到以為會有的安心

越是努力不去提及妳

生活卻越是故意提醒

入秋了，是妳最喜歡的一季。

於是我想起站在楓樹下仰頭望著片片火紅楓葉的妳，笑得像個嬰孩，任由我的鏡頭恣意捕捉妳。

秋颱橫行，妳在停電的夜裡坐上琴椅彈奏著小夜曲，妳說在這現實的時代需要多一點浪漫滋養心靈。

妳說過一件事情：「敏感的人會讓身邊的人活得累。敏感的人也很累，越小心翼翼的樣子越容易破裂。」

妳又說：「所以妳不要這麼累了，至少妳能寫，妳還能寫，不要把敏感當是自己的罪。」

我真的聽話得想過一遍，唯一的結論就是不再活得這麼認真，待人處事都要果斷得沒心沒肺。

後來我們不再這麼談話了，生活的齒輪把我們越推越遠。

妳曾提筆寫了長長短短詩句，妳可想過這竟成了我唯一墓誌銘？

妳常鼓勵我再多寫一些，妳有沒有一次感覺到我筆下的主角其實是妳？

不說了，關於妳，再多點什麼都是傷心。

132.我以為最深刻的愛

她晉級了決賽然後棄權。

看著教練對著裁判解釋不停，她收拾東西準備離去。

她說：「這是我最大的愛了，我說過一輩子都會讓妳。」

命運要我們互相廝殺，我不忍心與妳爭，拱手讓妳是我以為的深愛方式。

在輸贏面前，妳不想輸而我也不想贏妳。

在獎牌面前，我退讓只不過因為還愛妳。

所有的獎項都離我遠去，

只為把妳推上舞台中心。

我參與自己的閉幕典禮，

在妳喜悅的淚滴裡，

請記得我曾經出席。

133.妳不用向誰報備，也不必再擔心誰

不說度日如年，年都離我太遠，思念無法用時間區別，愛妳的路只會越來越遠。

妳說愛得有點累，後來的日子不願意在心上擺著誰，說著一個人也很好，只是吃飯時候孤單了些。

加班的回程路上妳開始習慣買醉，日子踩在腳下如履薄冰很易碎，要牽掛誰都太傷神把自己傷得像條鬼。

妳每天靠著安眠藥入睡，夜裡的夢是沒有色彩的暗灰，夢裡踩著愛人的鞋，可是妳根本不知道愛人是誰。

舊電影放著第二遍金枝玉葉，妳唱起裡頭的追，淚流滿面卻找不到人可以紀念。

反正日子一天又一天，年復年的同樣情節，無法被寄望的未來已被妳捏在手中通通粉碎。

精神有點倦，愛過之後像死了一遍，好似散場後的演唱會都應該是一個牽著一個誰。

所以大紅大紫的阿妹

理所當然地賺滿了妳的淚

今天在高雄小巨蛋跳著三天三夜

妳終於有了正當的理由可以晚歸

妳不用向誰報備

也不必再擔心誰

134.還是會記得的生活習慣

常常一忙，就忘了我們的關係。

天冷就想要妳穿多點，

太陽烈了記得擦防曬，

誰誰新書妳有沒有看？

別妳買了我也跟著買。

四點菠蘿麵包出爐了，

貓病了妳回來看看嗎？

「干妳什麼事啊？妳他馬的不要再管我了行不行！」四年前妳在那頭怒吼著。

我甚至還能想像妳摔了話筒後的那經典生動表情，一切活靈活現地恍如昨日。

「噢對對對，不是我的事了！」

轉向電腦結掉購物車裡的誰誰誰，上好防曬穿好外套，走去巷口等四點菠蘿麵包出爐時，我好慎重好嚴肅地再這麼提醒自己一次

135.妳當然可以不愛

妳遊蕩太久了

我等不到妳回來

佇立在街頭

當下終於明白妳是放棄了

於是所有的激情在這一夕崩塌

長期建立起的關係若失去寬容

只剩下微薄的愛還能有些什麼火花

一圈戒痕烙印得顯眼

曾經套住的承諾此刻煙消雲散

妳不愛，

妳當然可以大步豪邁的走開。

妳不愛，

妳理所當然無視我所有難堪。

妳不愛，

我僅剩的懷念妳說是不耐煩。

136.把來路揉在手裡扔向遠方

想要的都在最親最愛的人手裡

妳要不到

便只能傾儘一生懸念

希望的還在千里遠外的那城裡

妳得不到

成了未了的心願

在最後為這樣的遺憾閉不了眼

用著沉默對峙辜負

妳的情人名垂青史

妳留在人間傷痕累累

背負著盛大的傷害卻要輕易原諒

還有很多話要說

竟硬生生的把自己活成了個啞巴

把來路揉在手裡扔向遠方

翻覆了無數過往

只為了活上另一場平靜的人生

而上帝只微撩了指掌

那卻是我的生離死別

妳用十年帶我去了一趟天堂、地獄、人間。

我回到年幼時的記憶，站在起點背離一切，開始了我要走的千山萬水，只為了和妳今世永不相見。

137.《致東區的婊子們，午安午安！》

妳的紅裙不長不短

該是白鞋卻不顯白

搖曳裙襬配細肩帶

過個馬路像在走伸展台

妳的身形不高不矮

耳邊垂掛銀色金屬大吊環

野心不小但氣質不過一般般

兩條平眉實在粗得很不好看

妳像等著誰不斷左顧右盼

終於遠遠聽見轟隆引擎聲呼嘯而來

妳趕緊從包裡拿出小鏡子整理儀態

女人的尊嚴都被妳葬在燈紅酒綠的忠孝東路四段

（以下省略）

所以，我還是喜歡清湯掛麵白襯衫

畢竟，只是牽牽小手也不算是有害

至少，這樣的女生乾淨又潔白

不像妳寂寞難耐把上床當是愛

138.我淋點雨沒關係

風和日麗就留給妳

我這下點雨沒關係

我以為在晚霞照映下與妳散步是最浪漫的事情，

才發現我最擔心妳一個人所在的城市漫天烏雲。

我並不害怕在烏雲籠罩的車水馬龍裡穿梭前進，

才知道我最恐懼妳在下雨的天找不到騎樓躲雨。

妳來，來我的懷裡，

這裡沒有風浪沒有雨。

妳來，來我的心裡，

我已備著好天氣接妳

而我已不用再托著濕漉漉的心挨家挨戶打聽妳的消息，也不需要尋找

關於妳往右或往左的足跡，如果妳決定在我懷裡定居。

我張手擁抱著妳

妳隨即笑靨如花

而那朵花兒開在我心底

我走到哪裡的晴朗無雲都要留給妳

在我一個人時讓我淋一點雨沒關係

139.她說詩人都是憂鬱的

如說詩人都是憂鬱的

文字總是悲壯又瑰麗

字句藏不住幽幽嘆息

在情感裡下哀傷眉批

她說筆下的歲月很清晰

如回憶中的妳輪廓分明

此去經年多少情人來去

她還是沒能夠把妳忘記

她寫了千千萬萬的妳

卻始終不曾下筆結局

想著有一天妳會回來

她邊寫著妳也等著妳

妳回來嗎？

如果妳想起了我的等待。

當妳疲倦得需要一個港灣，

會不會想起我為妳站立成岩的姿態？

會回來嗎？

如果妳知道我仍在這裡等待。

成不了妳心心念念的遠方，

即使清楚妳是艘沒有錨的船，

我也要當妳一座永久的岸。

140.彩虹和平

自由紛飛的蝶，是兩條不願再輪迴的靈魂。

妳瞬間年老。

所有人的出場順序都已經排列完整，妳沒有信仰也不是誰的信徒，從來都是個只相信自己的人，但到了最後這刻，妳不得不開始相信命。

能緊緊抱住的人已經不在了。

不細數那些悲傷，不過如四季更迭，

冬末白雪散，春來百花開，

是生世的循環，是站立且永恆不朽的姿態。

在接近生命盡頭這時，像是更接近了生命。

妳明白了何謂活，清楚地知道這便是生命的本質，妳將死去的這秒，急救室也有人準備隨時與妳一同離開，而那頭產房裡也有幾個嬰孩即將到來，妳彷彿聽見他們細小微弱的初啼，妳竟也跟著想哭了起來。

妳想起了那個人，妳說不愛卻沒能讓這人從心間離開，妳說太多次不後悔，竟在這一刻希望都能重來。

妳再也沒有多餘的力氣了，於是那人最後給妳的表情、說話語氣，也如僅剩的時間般緊緊跟著妳，妳沒有辦法拒絕，只能任由她的一切爬滿妳。

妳辜負她的太多太多了，從年少輕狂至白髮蒼蒼。

這是妳欠她的，而且妳現在就得還。

妳也想笑，笑那些經不住的年月，誰都會老，誰不在誰身邊，慢慢都

會變得沒有區別。

　　在最後妳呢喃著她的小名，妳說：「我等妳好久好久了，妳怎麼還不來接我？」

　　「我慢慢地消沉靜止下來，在他們周圍伴隨著他們不斷過去的影子，我漸漸地感到寂寞，知道心跳終於緩慢，血液將不再往來，闔上眼時想著從不想遺憾的卻已無可避免地走在遺憾這條路上了。」

　　人生苦短還充斥著許多不得不的無奈，最後我們把她與她放在一起，至死仍等不到的彩虹和平，希望在我的有生之年能為她們勇敢下去。

141.母親節快樂

《母親節快樂》

讓我為妳沏一壺茶

倒進我滿滿地牽掛

請妳緩緩飲下

當一碗孟婆湯

來世路別再為我思量

讓我為妳添滿茶湯

餐桌佳餚妳輕輕夾

請妳慢慢地去

斬斷情絲白髮

下輩子再做妳女兒家

讓我做妳的護城河

開路闢土守住城牆

這世走的坎坷

請妳全數遺忘

我要當妳英勇將士

讓妳再也無牽無掛

我要為妳搖旗吶喊

引妳跟我再次回家

142.快回來我這邊

親愛，為妳寫得詩句妳看了嗎？

今早有些雲，我希望妳所在的城市沒有雨。

風好像大了些，怕是吹亂了妳的髮。

我是無所謂啊，反正妳已經攪亂了我的心。

妳停在哪個十字路口？

妳稍等，我停個紅燈馬上去接妳。

親愛，這天的濕冷讓妳過敏了嗎？

曬不乾被子的潮濕，我又換了一套新寢具。

反正妳不在，過人雙人床一個枕頭也可以。

冬天又來了啊，妳還要生氣嗎？

就快要沒時間擁抱了，妳別再堵氣了啊。

妳快回來抱抱我吧，我還在這等著妳啊！

143.妳早已走在別人春天裡面

涙眼婆娑糊掉的妝臉

告急的提琴聲線穿越

交錯混亂攀附著思念

呢喃妳名只能趁夜黑

妳走進她人的春天裡面

我手中的花兒已然枯竭

愛情走不到花開的季節

我們已離散

等不到能相擁的冬天

原來妳早走在別人春天裡面

妳已走在那人春天裡面

她的街景妳的漫步跟隨

聽見鐘聲敲響整座城市

在這個相愛瀰漫的季節

我可以看妳幸福，用冷眼旁觀的角度

請別再要我祝福，祝福雖然不需要錢

但我不會假惺惺的給，

裝模作樣的大方我實在不會。

144.大赤鯨的幻想

是獨自活在大漠中央的仙人掌

就著那一季大雨開出嬌豔的花

孤立絕望卻是驕傲地自我成長

頂著烈陽挺過乾旱也不曾死亡

是行駛於沒有東西方向的船隻

所有的前行與轉向都僅依著浪

帶上指南針輪盤卻始終不靠岸

明白飄泊是因為沒有家的嚮往

「不累嗎？」我打開無線電問她。

「啊！第三十六隻大赤鯨躍出海面了。」她說。

「要回來了嗎？」我再問。

「再寄些維他命來，又發了唇皰疹。」她說。

「該回來了吧？」我堅持再問。

「下個雨季前，風浪不是太大我再回去看看妳。」她語氣溫柔地說。

「妳上次也這麼說，結果仙人掌花都開幾回了！」我一下便回想起這件事。

「再去一趟旅行吧，妳出發我也差不多要回航了。」她淡淡的說。

「還能去哪呀，妳不在啊！」我無奈的回答。

妳算安撫得輕巧，沒給太大的希望好讓我不被失望吞噬。

妳把話說得巧妙，能不能再見上一面都推給天氣做決定。

我想過，可能是因為妳不愛我，所以我才會覺得妳的愛彌足珍貴。

還想過，就是因為妳不珍惜我，所以妳才會認為我的愛泛濫廉價。

「妳很需要自由，是不能被束縛的，抓得緊妳會跑。」那年妳這麼對我說過。

於是妳先遠行，用著自身的離去成就我幻想的自由。

直到久了，也就真的不回來也就真的不愛了。

145.自導自演

與妳所有的談笑風生，不過都是我一場自導自演的戲碼。

所以請妳

想念別說得太真誠

見面別擁得這麼深

怕是一個不留神

我又對妳認了真

所以我們

告別的話要輕巧地說

盡量避開眼裡的不捨

怕是一個不小心

又開了口把妳留

妳又怎麼會知道

妳不會知道的啊

與妳這場談笑風生的戲，我要多麼認真努力地演……

146.這是我的愛

DEAR

只要是為妳好的或妳認為好的

我都願意去做

包含妳要的自由以及我的離開

147.細水長流亦或波濤洶湧

很多事物似假象般令人懷疑它存在過的真實性，

例如我們，例如妳。

那時妳伸手一揮，也一併把我揮別在那一個年末裡了。

現在才明白我要的愛不再是銘心刻骨、轟轟烈烈，而是要走得過平凡
的流年。

心間上有個重量

明明空無一物

卻始終揮之不去

在這一年……。

148.沒有愛過的證據

那張張輕薄的書信妳都丟了嗎？

還是會像我一樣，

把它們摺疊再摺疊藏進右心房。

在走回老家路上那會兒，

我猛然記起那歲末妳一笑便嫣紅了一整個四季的模樣。

夏日午後妳一時興起躍進水裡，悠然起身彷彿歲月只不過是至妳腰際的淺溪，低頭遇見一塊青苔老去，痕跡斑剝凋零像妳飛舞飄渺的字跡，似乎凌亂無章序實則龜裂得整齊。

那年秋季是片深淺不一的金黃，妳偶爾踩進沙沙作響的落葉堆裡，偶爾把自己藏身夕陽餘暉的影子裡，躲貓貓的遊戲玩不膩，直到我真的放棄找尋，妳才忽然出現喊著：「換我當鬼抓妳！」

或許已是消耗過多激情，於是冬日的妳終於筋疲力盡，守歲的那晚妳手握燃燒著的仙女棒在空中揮舞愛心，遠方慶祝的煙火一朵朵在妳頭上放映，我想著如果來年留不住妳，這些曾經美麗到底該怎麼在往後證明。

沒有春天了，我也以為會有的。

聽故事的人們悻然離去，

說書的始終給不了結局。

沒有了妳就像人生缺少了一季，知道日子在走也走在日子裡，卻從來活不出自己。

從心間裡拿出封封書信攤平，我曾經真的以為我與妳會是愛情。

對摺再對摺這些自以為的深情，收好的情緒原來只是收好而已，從不曾因為時間而替我抹滅一點痕跡。

149.不必紀念

不必紀念

妳都已經走得那麼遠

不要一步一回首

不愛我的妳

無須這麼做

不必紀念

拿下戒指的妳

就不要再往身上掛

放下這段關係

從此各自天涯

不必紀念

偶爾懷念死去的愛情

將那段曾經當作借鏡

別把自己放在回憶裡

妳的現在有她的風景

不必紀念愛情

不必紀念我們

不必在已成過去的故事裡找我們的足跡

150.心無罣礙的與妳相愛

在時間驚湍的洪流裡

只怕與妳相擁不夠緊

在速食愛情的時代中

只是想給還無能為力

迷戀在妳平緩的體溫裡

我要做 一條悠遊的小魚

穿梭在妳眉間或髮際線

徜徉在妳掌心或臂彎中

棲息在妳胸口的心跳裡

我說我好愛妳啊！這該怎麼辦？

妳說妳也好愛我！又該怎麼辦？

我把我自己交給妳，妳把妳自己交給我。

一切交付予妳，包含我也可能未熟悉的自己。

一如我的雙眸裡，藏匿著妳的眼神。

一如妳的名字下，有兩個人的靈魂。

是的

我因為愛著妳而熱愛妳所在意的

連同妳漂泊的靈魂

或即將老去的身軀

於是在落下地那時

已為妳烙上了印記

我的前世並不安穩

我的來生不夠清晰

所以傾盡了這輩子也要心無罣礙地與妳相愛

151.只好避重就輕

言語過多

詞彙繁複

戲碼依舊輪番上陣重演

緩緩熄掉煙

一再重複的劇情

我只能避重就輕起身先行

我睏的闔上眼

卻還是想見妳一面

我說不出語言

卻想念妳綿密的嘴

我使不上力

總還眷念著妳髮線

台上演的逼真

台下掌聲如雷

可惜我早一步知道結局

看不完的劇情

我只好避重就輕起身先行

152.決心

妳放大了所有悲傷情節

把帶不走的假想成連結

於是便真能與過往分離

也能把住心上的人切割

妳喜歡的長頸鹿玩偶不可以帶著走

貓咪咬著的小鯨魚布偶都要跟著丟

還有最愛的絲質床套組妳也不能留

妳清空所有只剩下一兩樣日常生活

彷彿與生俱來就該要是這樣的空洞

以前覺得擔心的太早

現在覺得擔心的太少

是沒有後路可以退了

也沒有回頭的可能了

決裂又快速地收拾著

跟進一場盛大的賭注

我根本沒有億萬籌碼

只賭妳不捨得讓我哭

而其實命運的轉盤，在遇見妳的那一刻起早已悄悄地改變了方向。

153.一夜無眠

我踏過雪裡的血

身處過陰暗黑夜

浸泡過冷冽海水

嚐受過淚水的死鹹

我在被排斥的邊緣

品過妳靈魂的甜美

我愛過像妳一樣的人

臉的輪廓帶有傷感的淒美

不夠溫熱的勾引著我視覺

不太冰冷但誘惑我的敏銳

我愛過如妳一般的人

說得動聽也無比決裂

愛得深情也離得狠心

談論著愛又總是背叛

我愛過那些像妳的人

像是雪地裡打滑的輪

失速衝撞懸崖峭壁邊

我遇過很相似妳的人

卻在我以為春回大地的四月天裡

來了一場十二月狂妄的狂風暴雪

所有不自覺的靠近都像是逐步自我毀滅

根本知道飛蛾撲火之後的炙烈灼熱感覺

但仍不怕死不怕痛不怕心碎地勇往直前

愛多偉大

讓妳清楚了那就是葬身之地

妳還是義無反顧的投身地獄

愛還可悲

讓妳擁有了擦身而過的緣份

不過是沒有結局的驚鴻一瞥

愛也卑微

讓妳遇見了夢寐以求的愛人

但那只是她剛好經過的瞬間

我的愛就是一個樓層的距離

或許妳在我的樓下一夜好眠

而我卻在妳的樓上徹夜無眠

154.再也不見

那本蒙馬特遺書就放妳身邊吧

別像感情一樣

雙手放到妳面前又推還給我了

昨夜凌晨煙火至今沒有停歇

如我深情又華麗的鄭重告別

既然未來不能有

後續篇章不能說

我只好待在沉默的繭裡咆哮再見

所有的不安都應要有個妥善的地方安放

雖然妳轉身後

再也沒有什麼重要的東西能往心裡擺了

曾經，我曾經真的很認真地想等妳長大。

155.謹言慎行

「愛是什麼？」妳問。

「床上的事情，床下看交情。」我心直口快地說。

「妳覺得情侶該如何才處得好？」妳又問。

「必要時非常親密，平常時保持一定距離。」我還是不加思索地說。

覺得禍從口出這句成語真的所言不假，以後會好好說話。

156.我沒有離去也不在原地

掉轉槍口

謀殺愛情

請拿來螺絲與工具

讓我修好這顆心

妳寫的愛恨字跡太潦草

這跳動心臟埋的不算好

我傷心的像個乞丐對人行討

乞討一點愛或關懷眼波

起風之時

是思念與可憐到底的盼望

我盼妳願妳一切安好

封起妳我

字句已斷

時間最是無情

讓妳聽不見我呼喊妳

歲月流逝的太急

已把我從妳心上抹去

起風之時

約莫是相遇雨季

我盼妳願妳尋得另一顆真心

妳轉身後我停止哭泣

沒有笑容也失去了淚滴

妳走後我沒有飛行

沒有向前去

也已經不在原地

157.女人的小心機

或許一旦上了心

所有細節都在意

拿著放大鏡放大再放大每個看見妳的人

好奇她是不是也發現了妳可愛的那一面

好奇她是好奇了妳哪一點

好奇先殺死妳再自我毀滅

女人其實有時候一點都不可愛

尤其任性又邪惡的魔鬼附身後

原先的小脾氣都成了可怕心機

總是藏不好情緒

喜好叨顯得可以

在說與不說之間

自己鑽著牛角尖

我斟酌小心地拿捏分寸

放任妳一回又一回玩笑

然後說著沒事這樣就好

太過濕冷的天氣

熱水洗不去失落

我要召喚陣陣風雪掩埋妳

不讓妳見了誰或誰見了妳

一個在幻想中進行

一個在現實中打擊

158.每個人都是鬼

每個人都是鬼

在夜裡偷來暗去不做人

尋著蛛絲馬跡蒐集證據

作為呈堂證供置妳死地

黑夜來了隻鬼

偷偷摸走住在心裡面的人

換上塞滿咒語棉花的布偶

她要妳這一世求不得安穩

妳正要開口說些什麼

閉嘴的聲音此起彼落

不讓妳說話只是藉口

欺侮這時才正式上場

惹了一身腥終於認清

被潑在身的不是糞土

抨擊也像是一種欣賞

否則誰會把妳放心上

最狠的往往都是不動聲色的那個人。

159.妳有我愛還有我憐憫

妳把我啃得屍骨無存了

我都會說那不是妳的錯

所有情感的凌虐請繼續

我沒說停妳就加速狠心

妳讓我狂吼得不能自己

我也清楚這些只是前戲

撕裂不過小菜一碟而已

正中紅心是妳不膩把戲

因愛窒息

那不要緊

是妳給的我都可以

死亡罷了

沒有關係

只要確定在妳手裡

妳越是顯得潔白無瑕

就越是醜陋陰險骯髒

但妳別把擔心放心裡

妳有我愛還有我憐憫

160.聖誕節願望

十三月的聖誕前夕

無風亦無晴的天氣

妳站在薑餅屋窗前

望向拐杖糖的小臉

即使看得出妳在墮落

我還是踩步到妳跟前

妳有一雙細緻卻絕望的眼

嗜血天性從神韻表現得尤其明顯

微挑起眉間，一臉問著：「妳哪位？」

「我，我……我這有糖，芬蘭聖誕村來的，給妳……」我終於從後背包裡掏出糖，遞到她手邊。

她用力眨了兩下大圓眼，似乎想確認我能不能信，隨後輕巧地抽走我手中的糖，我甚至不能碰觸到她的指間溫度便聽見她簡短的道謝。

嘿，女孩

吃完糖別急著丟

瞧瞧那棍心吧

我的名字與電話號碼都在那上面

161.所以妳搞不到啊

妳想要什麼？從我這裡。

愛的成分不多，只夠餵養妳一個沉默四季。

心臟偏小了點，一個剛好兩個也不算擁擠。

妳需要什麼？在我身上。

醒來我不會在，臨睡前沒有晚安。

偶爾說上兩句，更多是電動遊戲。

妳還要什麼？當妳打開我的對話視窗。

我說話缺乏幽默，應該討不了妳的歡心。

又反應嚴重遲緩，看見訊息已三天過去。

心理遊戲免了

上了年紀

曖昧都是多餘

挑戰就不必了

贏了沒有貞節牌坊給妳

難搞？

所以妳搞不到啊。

162.愛如潮水

一、

一興奮時嘴裡滿是髒話及祝禱，舌尖搔首弄姿吞吐出潮水的味道，妳們只做愛卻不擁抱，上床前仍不忘先禱告。

二、

妳以身體為禮物我已經收到，情感騷動太氾濫這樣不好這是缺點妳要收掉，妳要當個紅罌粟，擁有劇毒可高貴美麗但不是人人都高攀得起卻也不是那麼輕易就能戒得掉。

三、

妳用眼睛撒謊，妳用下半身寫詩，妳用妳的名字荒廢了她餘生的日子，妳告訴她這是妳愛人的方式，妳說著背棄的話，不管她的身心靈是否即將大病一場。
用妳的豐滿交換我的詩句，拿妳的濕潤換取我的篇章，在妳凝望我的眼上扎滿針，此刻妳是該呻吟的，而且妳呻吟的很好，這樣的聲音很動聽。

四、

請推薦一首適合激烈做愛時放的音樂。

國家圖書館出版品預行編目資料

太髒的日子妳不要看／李宇霈著. -初版.--
臺中市：白象文化，2020. 10
　　面；　公分
ISBN 978-986-5526-69-6（平裝）

863. 4　　　　　　　　　　　109010741

太髒的日子妳不要看

作　　　者　李宇霈
校　　　對　李宇霈
書名題字　呂慧娘
專案主編　黃麗穎
出版編印　吳適意、林榮威、林孟侃、陳逸儒、黃麗穎
設計創意　張禮南、何佳誼
經銷推廣　李莉吟、莊博亞、劉育姍、李如玉
經紀企劃　張輝潭、洪怡欣、徐錦淳、黃姿虹
營運管理　林金郎、曾千熏
發 行 人　張輝潭
出版發行　白象文化事業有限公司
　　　　　412台中市大里區科技路1號8樓之2（台中軟體園區）
　　　　　出版專線：（04）2496-5995　　傳真：（04）2496-9901
　　　　　401台中市東區和平街228巷44號（經銷部）
　　　　　購書專線：（04）2220-8589　　傳真：（04）2220-8505
印　　　刷　基盛印刷工場
初版一刷　2020 年 10 月
定　　　價　280 元

ISBN 978-986-5526-69-6

NT$280